오늘도 날씨가 좋다

김민재

2001년 경상남도 김해에서 태어났다. 소위 한창 좋을 때라 말하는 시간을 보내고 있다. 책을 읽고, 지금 느낀 것을 쓰는 게 좋다. 가능하면 이 마음이 평생토록 나와 함께였으면 한다.

오늘도 날씨가 좋다

김민재 지음

우리는 더욱 실없는 대화나 하며 시간을 메웠다.

그렇게 의미 없는데도 괜찮은 시간이 있었다.
아마 그에겐 그것이 필요했는지도 모른다.

-〈오늘도 날씨가 좋다〉中-

바른북스

차례

오늘도 날씨가 좋다

새벽 1시, 부산에 있던 나를 대전까지 끌고 온 남자가 있다. 그를 처음 만난 적은 중학교 1학년, 아니 2학년일지도 모르고 놈의 고향이 정확히 어디인지도 모르겠으나 적어도 대전은 아니다. 다만 그가 사장으로 있는 한정식집의 위치가 대전이었기에 나를 끌고 온 게 분명하다. 마감까지 모두 끝냈으면서. 구태여 데려온 이유를 알 수 없지만 그가 새벽에 차려낸 한 상은 나름 정성이 가득하다.

　"다 네가 만드는 거니?"

　"반찬은 이모가, 주요리는 주방장이 하지만 나도 만들 줄은 안다."

　"별걸 다 할 줄 아는구나."

정말 별일을 다 할 줄 아는 놈이다. 대부분 요식업이었지만, 어릴 때부터 온갖 일을 다 했던 탓에 다른 부분에서도 딱히 손색은 없던 녀석. 다른 어른들은 그를 일머리 좋은 놈이라 불렀다.

내게 어른이란 태어날 때부터 두 명이었지만 앞의 사내에겐 하나만이 존재했다. 더 깊이 파고들면 남들이 일컫는 책임지는 아버지란 사람이 녀석에겐 없었다. 한 번에 두 존재. 그 역할을 감당해야 했던 어머니를 위해 어릴 때부터 조금씩 그 작은 몸으로 책임을 분담했던 사나이.

그래도 녀석은 괜찮아 보인다. 돈을 갖지 않고 태어났으니 돈을 훨씬 더 많이 벌 수 있다는 자기만의 궤변을 늘어놓는 모습에 나는 기이함을 넘어 어느샌가 그를 존경하고 있었던가.

그러나 내가 그와 오래 친구를 할 수 있었던 이유는 닮아 있다든가 성격이 잘 들어맞는다든가 하는 그런 유치한 이유도 아니었고 오히려 서로가 너무 달랐기에 가능한 것이라고 나는 말한다.

그랬다. 그와 나는 적당히 늙은 얼굴과 키를 제외하고는 성격이나 세상을 대하는 부분에 있어서 하나도 들어맞는 것이 없는 한 쌍이로서니 그는 아주 현실적인 남자면서 가끔 이상적인 면을 보일 때가 있었으며 나는 그 반대였다. 헛소리만 늘어놓다가도 때로는 현실을 냉혹하게 말하는 게 취향이었던 나는. 그래, 언제부터인가 그와 어울리는 게 썩 어색하지 않았다.

이런 생각이 어떻든 간에 녀석은 딱히 개의치 않았다. 이 새벽에 나를 여기까지 끌고 오는 돌발행동도 그리 낯선 일이 아니고 이곳에 몇 번 온 적은 있었으나 이렇게 늦은 시간에 온 게 처음이었을 뿐, 어느 하나 변한 것은 없어 보인다. 적어도 내겐.

차를 몰아야 한다는 평계로 내게만 술을 권하는, 제 가게이기에 눈치 보지 말라고 말은 하지만 그래도 남의 공간이란 건 내게 좀처럼 익숙해지지 않는 곳이다. 반병만 마시겠다는 말로 적당히 대꾸하자 이내 비겁하다며 질타하는 녀석의 말이 진심이 아니란 것쯤은 나도 알고 있다.

그의 손에 들린 소주병과 사이다 캔이 나는 왜인지 마음에 들지 않는다. 사이다를 싫어해서 그런 것이 아닌, 오히려 싫다면 술이 더 싫은 게 맞다만, 적어도 오늘은 그가 나와 마셔주었으면 한다. 그래도 음주운전은 안 되지. 여기까지 데려왔으니 다시 돌려놓는 것도 그의 의무가 분명하니. 그의 집에서 자고 가는 방법도 있으나 내일 일이 있으니 그건 무리이기도 하다. 사뿐 탁자에 올려진 소주를 한숨과 함께 돌려까고 있는 내 앞에서 히죽거리는 그의 능글맞은 태도가 그리 기분 나쁘지 않다.

잘 구워진 너비아니 한쪽을 입에 넣어보면, 맛보다 고기의 육질이 좋은 편에 가깝다. 다른 집이라면 형편없는 고기를 감추기 위해 이리저리 양념을 발랐을 테지만 오직 고기만으로 승부 보겠다는 철학이 잘 묻어난 밑반찬이다. 어금니에 박힌 돼지고기 조각은 다른 건 몰라도 요리나 장사의 철학만큼은 그를 따라올 사람이 없다는 걸 새삼 다시 떠올리게 하는구나.

사색의 시간을 조금 더 써서 돌아보면 친구가 된 지 삼 년이던가. 그보다 더 적었을 수도 있지만 어쨌든 그즈음 되었을 때, 놈은 내게 다짜고짜 자기 다짐을 늘어놓았던 적이 있다.

"나는 가게 차릴 거야. 차려서 돈 많이 벌 거야. 진짜 남들이 무시 못 할 정도로 많이 벌 거라고. 알겠냐?"

왜 그렇게 돈을 원하는지, 구태여 묻지 않았다. 돈과 자기 삶에 대한 집착은 누구에게나 있는 것이고 그렇게 굳이 캐묻지 않더라도 나는 그의 마음을 이해할 수 있다. 그러나 사람의 마음이란 자기 자신도 모르는 경우가 태반이어서 그 겉살을 모두 발라내어도 뼛조각의 깊은 한계, 아무것도 존재하지 않는 무(無)의 진심이란 알아차릴 수가 없는 것이다.

곧잘 소주 반 잔을 입에 털어 넣은 나는 이리저리 혀로 소주를 쓰다듬어 보기도 한다. 입에서 굴러다니는 냄새의 질감이 나쁘지 않지만, 그것은 냉장고에서 꺼낸 시간이 그리 길지 않은 탓일 테다. 몸속에서 세척제의 향이 올라오기 전, 백김치로 간신히 눌러 막은 내 눈은 다시 물끄러미 식탁을 내리깐다.

한 상은 새벽에 먹긴 많다만 그래도 천천히 오래 마실 생각이라면 그리 과하다 싶은 양도 아니다. 만약 음식이 식었다면 데워주겠지. 적어도 그는 제 사람이 다 식어버린 음식으로 술 처리를 하는 모습은 가만히 두고 보지 못할 성격이니까.

"맛있네."

맛이 없더라도 맛있다고 해주는 게 예의라지만 이건 예의상 나온 말은 절대 아니고 실제로 어느 유명 맛집과 비교해도 손색이 없을 만큼 가게의 요리는 훌륭하다.

본격적으로 술에 취하기 전, 나는 궁금했으나 전혀 궁금하지 않았던 주제로 말문을 열어야겠다고 내 멋대로 정해버렸다.

"그래서 갑자기 왜 데려왔니. 원래 부산에서 놀기로 했잖냐."

"그냥. 그냥 데리고 오고 싶었다."

그래. 차라리 저 말이 솔직해서 좋지. 누군가는 어떤 일을 할 때 꼭 이유가 있다고 말하지만 나는 그 말이 반은 맞고 반은 틀렸다고 생각하는 사람이고 어떤 일에는 이유는 있겠지만 그게 말로 나오는 순간 가장 핵심이 되는 마음은 사라지고 말았다. 그렇기에 아무리 그럴싸한 이유라도 입 밖으로 꺼내는 순간 이유가 되지 않는 신기한 모습을 나는 몇 번이고 보았다. 특히 내 앞의 사내 같은 사람이라면 내 생각이 더더욱 맞았다.

"나 헤어졌다."

"…."

그에겐 칠 년을 만난 여자친구가 있었는데, 나와도 몇 번
술자리를 함께 가졌던, 지금은 없으니 전 애인이라는 말이
더 어울리겠지만, 놈의 머릿속에선 아직 여자친구로 남아있
는 여자였다. 나는 그가 메신저의 자기소개 화면 사진을 모
두 내린 것을 보았을 때부터 이미 알고 있었다. 그러니 딱히
놀라지도 동요할 일도 없다.

뭐 그렇지 않더라도 사람이 만나고 헤어지는 것은 요즘에
그리 놀랄 일이 아니었고 이 사람 저 사람 만나보는 게 좋으
니 오히려 경험을 전제로 만나는 이들도 더러 있었다. 그래도
스무 살 때부터 칠 년이란 시간은 적지 않은 시간이었고 꽤
그 밀도가 짙었던 만큼, 희석된 시간을 마주하기엔 어려운 사
람도 있는 법이니 내 앞의 남자 역시 그런 놈이다. 십 년을 넘
게 만났어도 결혼은 다른 사람이랑 하는 게 유행인 세상. 한
편 그는 아직 자기가 뭘 잘못해서 헤어진 건지 모른다.

"차였니?"

"차였다."

"왜."

"나랑 만나는 게 재미없대."

"그럴 수 있지."

그럴 수 있다는 말이 자동으로 튀어나오는 이 버릇은 고쳐
야 한다. 받아들이며 사는 게 좋다고들 하지만 때로 함께 분

노해 주거나 차라리 침묵하는 게 더 나을 때가 있는 걸 알면서 몸이 먼저 반응하는 습관은 명백히 내 몸에 잘못 새겨진 것인데 그게 잘 고쳐지면 애초에 버릇이 아니겠다.

이런 말은 전혀 도움이 되지 않는 게 확실하고, 이미 나온 말은 취소할 수 없다. 엎질러진 물이라면 행주로 닦아야 하니 차라리 다른 말로 수습하는 게 나을 테지.

"잡긴 해봤나?"

"잡았지."

나는 글렀다. 불현듯 떠오르는 기가 막힌 명언 같은 것도 없고. 더 이상 어떤 말도 해줄 수가 없다. 한 번 내던진 사람을 잡았다는 말은, 그가 할 수 있는 최대한의 무언가를 했단 뜻이니. 아무리 명문장도 이럴 땐 딱히 의미가 없기에 그저 묵묵히 잔을 든다. 사이다를 채워 넣은 그의 잔에 곧바로 소주를 들이부으며.

"너 안 내려가게?"

"그냥 새벽까지 마시고 첫차로 내려가지 뭐."

"일은?"

"괜찮다."

일이라야 늘 있지만 오늘은 두 번 다시 없다. 아마 그가 나를 꼭두새벽에 데려오는 일은, 더욱이 이런 날은 살아가며 다시 없을지도 모르니 지금은 그와 함께 있는 게 옳다는 내 판단을 믿고 싶다.

나를 이해하지 못한다고 해도 행동을 이해시키기 위한 설명은 하지 않을 테다. 어떻게 말해도 합리화로 듣는 사람의 머릿속을 내가 바꿔놓을 수 없으니까.

그의 몸엔 방금 먹은 백김치의 향이 고였다. 그를 쳐다보며 또 한 번 묵묵히 잔을 내밀고 그는 쓰게 웃으며 내 잔을 맞받아쳤다.

그 와중에도 음식이 식을세라 내게 계속해서 편하게 먹으라며 음식을 권하지만, 입이 짧았던 나는 깨작깨작 먹는 것을 선호했다. 그러나 그런 자잘한 핑계 따윈 그에게 통하지 않기에 나는 몸무게가 조금 불어나는 것을 각오하고 조금씩, 야무지게, 꾸준히 입속으로 음식을 나르고 있다.

밖에는 때아닌 비가 내리고 보통 이 정도 날씨면 눈이어야 하는데, 채 얼어붙지 못한 상태로 내리는 물이 창을 타고 하염없이 흐른다.

"나 이제 어떡하지."

"뭐가."

"걔가 없으면 나 어떡하지."

코로 깊은숨을 들이마신 이유는 모르는 새에 꽤 식은 음식 냄새는 그렇게 해야 맡을 수 있기 때문이다. 젓가락으로 나물을 뒤적거리던 나는 이내 내려놓고 드디어 내가 할 수 있는 말을 한다.

"달라진 거 없다. 너 돈 좋아하잖아. 일하고, 돈 벌고, 또 벌고, 계속 벌어야지."

붉어진 눈시울로 그는 내 얼굴을 쳐다보고 입술이 살짝 떨리고 있다는 것을 내가 알아챘으나 티 나지 않기를 바란다. 그런 노력이 무색하게 그의 목소리조차 바람에 흔들리는 빗방울과 다를 게 없을 정도로 위태로운 것이다.

"그렇지. 맞지. 다른 사람 생기겠지?"

"당연하지."

어떤 새 사람을 만나도 이만큼의 구멍은 쉬이 메워지지 않는다는 사실을 나는 안다. 아마 그 여자는 자기 새 사람을 찾아서 그 구멍을 메우는 데에 성공했을지도 모르지만, 적어도 내 앞에서 한없이 약해져 있는 이 남자는 그러지 못할 테다.

그는 자리에서 일어나 두 번째 병을 가지고 왔다. 내 기억으로 그는 술을 잘 마시는 편이 아닌데. 기껏해야 세 잔, 한 병을 마시면 제 몸을 가누기 힘든 사람이면서 꼭 마시겠다고 고집부리는 그의 모습을 나는 차마 질타할 수 없다. 그의 술을 내가 받고 나 역시 병을 들고 그의 잔에 따라준다. 그렇게 받은 잔을 그는 제 입에 홀딱 털어 넣고 있다.

무심결에 쳐다본 그의 얼굴이 누군가의 아버지와 닮았다는 생각이 들자 나는 픽 웃어버리고 말았다. 녀석도 어릴 때보단 확실히 늙었다며.

어린 시절의 기억이 좋은 것인지 안 좋은 것인지 나는 잘 모르겠지만 어른들은 항상 그때를 추억이라고 부르는 듯했다. 내게 그런 것은 추억이라고 부르기엔 어딘가 낯설고 내 앞의 남자에겐 그런 기억은 존재하지 않는다. 오직 돈이나 어머니, 혹은 십 년 지기의 내가 모르는 어떤 것을 위해 살아온 것이겠지만. 동시에 나는 그에게 없던 것을 아버지나 돈, 차마 그것만으로 말할 수 없었다. 숱하게 뚫린 구멍 중 두 개의 구멍이 가장 컸을 뿐, 그게 다른 구멍이 안 뚫려있단 소리는 조금 과하다.

내게 없는 것이 그에겐 있었을지도 모르고 그에게 없는 것이 내겐 있었을지도 모른다.

벽에 붙은 초침 소리는 가게를 채우고 세차게 내리는 빗방울에도 아랑곳하지 않은 채 제소리를 내며 우직하게 나아가는 시간이란 참으로 무서운 것이었다. 그 강직한 모습에 우리는 자연스레 굴복할 수밖에 없는가.

모르는 새에 좋은 일이건 나쁜 일이건 시간 앞에선 장사가 없다는 것을 우리는 어느덧 알고 있었다. 아버지가 떠오를 때면 하루하루 돈을 많이 벌어 잊어버리고자 했던 날도, 오늘 이렇게 옛 애인 하나에 절절매는 일도 결국 시간이 해결해 줄 것이란 믿음을 우리는 버리지 않았다. 시간은 조금이라는 말보다 살짝 더 잔인한 녀석이었지만 결국 술과 시간이 삶을 유지하는 버팀목이란 생각을 나는 아직 떨칠 수가 없다. 거기에 조금 보태면 담배와 종교까지.

밖에는 여전히 비가 내리고 그는 어느덧 노래나 부르며 다시 히죽거리는 모습으로 변했다. 우리는 더욱 실없는 대화나 하며 시간을 메웠다. 그렇게 의미 없는데도 괜찮은 시간이 있었다. 아마 그에겐 그것이 필요했는지도 모른다.

어떤 대화를 나눴는지도 모를 술자리가 저물고 그를 집으로 데려다준 나는 술이 덜 깬 채 대전역으로 걸음을 옮기고 있다. 부산으로 돌아가는 길, 비는 눈으로 변한 채.

5
0
1
호

쿰쿰한 세척제의 향은 복도를 가득 메웠다. 일렬로 주욱 늘어선 형광등 아래에 나는 왠지 모를 무서움을 느끼고 말았다. 사람을 살리는 곳에서 공포를 느껴본 적이 누군가는 있겠지만 여하튼 나는 그 형광등 아래에 퍼져있는 냄새를 무척이나 싫어했다. 열다섯 살 적 교차로에서 자전거를 타고 가던 내가 눈을 뜨자 처음으로 맡았던 그 향은 이후로 뇌리에 박혀 지금까지 살아있다. 그러므로 내가 다시 그 뭉그러진 생명의 감각을 맡고 싶지 않았던 것은, 어쩌면 다시 아프기 싫다는 생존의 본능이었을지도 모른다.

그러나 시간이 지날수록 내가 아프지 않더라도 그 냄새를 맡을 수밖에 없다는 것을 알아챘다. 가령 별로 뵌 적도 없던 외가의 할머니가 돌아가시기 직전이나 친구가 아플 때, 혹은 잔병이라도 그 냄새는 맡아지게 되는 것이었다.

"김준호 환자 어디 있습니까."

"어떤 김준호 환자분 말씀하시는 걸까요?"

"어제 새벽 응급실로 들어왔다는 것만 아는데⋯."

"외과 병동 501호에 계십니다. 5층이에요."

감사하다는 말로 짧게 인사를 마친 나는 로비 간호사의 다급한 외침에 다시 돌아보았다.

"선생님!"

"⋯?"

"마스크 써주셔야 합니다. 없으시면 매점에서 구매하실 수 있으세요."

"아. 죄송합니다."

이해하지 못했다. 그것은 내 친구가 투신자살에 실패했다는 소식 때문은 아니었다. 마스크, 온통 마스크였다. 밖에서는 아무래도 좋지만, 이곳에서만큼은 아직 철저하게 유지하는 규율. 안 그래도 아픈 사람이 감기에 걸리면 위험하니 그런 것을 알면서도. 나는 그 팔백 원짜리 마스크를 사기 싫어서 머릿속으로 궁색한 핑계를 대기 바빴다. 이해하지 못했던 것은 그런 나를 바라보는 저편의 나였다.

다시 밖으로 시야를 돌려서, 어쨌든 준호는 살아남고 말았다. 어릴 때부터 건강하긴 했던 놈이니 그렇게 쉽게 죽을 놈이 아니라는 것은 예상했지만 설마 5층에서 뛰어내리고도 살 줄이야. 여러모로 그 녀석의 신체에 대한 경외심을 느끼며 외과 건물로 걸음을 재촉했고 길에 보이는 환자는 눈으로 셀 수 없을 만큼 많았다. 많은 게 아니었어도 다 똑같은 옷이니 헷갈렸다는 말이 맞지만, 동시에 면 재질, 위아래가 짝을 이루는 흰옷, 그 사이사이에 수 놓인 대학병원의 상징이 섬뜩하리만치 많다.

이런 생각은 집어치워라. 저 표시를 보았을 때 많은 사람이 실낱같은 희망을 품었을지 누가 알겠는가. 난 이제 살았다고 생각하거나 보험금을 노리고 들어온 사람도 있겠지만 적어도 내 친구는 둘 중 하나에도 해당하지 않는 놈이었다. 스스로 죽기를 결심한 놈이 응급실 간판을 보며 무슨 생각을 했겠느냐마는. -애초에 볼 수도 없었겠지만- 더군다나 자살은 보험금도 안 나오는데. 그러니 그놈이 여기 온 것은 순전히 사고였을 게 확실했다.

살아있다는 소식이 좋다면 좋고 나쁘다면 나쁜 것이지만 그건 준호가 판단할 문제였다. 의식은 없다고 들었다. 깨어나면 말해주겠지. 이젠 그를 이해하는 게 힘들다. 왜 뛰어내렸는지가 문제가 아니라. 왜 애매하게 5층에서 시도해서 이러지도 저러지도 못했는지. 마지막에 살고 싶어졌다면 그냥 내려오든가, 확실하게 죽고 싶었으면 그냥 더 높은 곳에 가면 될 문제를 괜히 복잡하게 생각한 탓이었다. 이것 봐라. 어릴 때부터 우유부단했던 성격이 이럴 때 발목을 잡지 않았는가. 그러게, 고치라 할 때 고치라니까. 친구 말을 더럽게 안 듣고 제멋대로 한 결과가 이거라니. 쌤통이다. 벌써 일어나면 잔뜩 골려줄 생각에 코웃음이 나왔다.

　지도가 가리킨 방향을 따라 외과 건물에 들어섰을 때, 확실히 중앙 병동보다는 상태가 심각한 환자들이 보였다. 목발을 짚는 건 기본에, 휠체어와 목 교정기를 동시에 처방받은 사람도 있었다. 소위 말하는 중환자란 저런 사람들을 일컫는 것이겠지만, 그토록 다친 적이 내게는 단 한 번밖에 없다. ―위에서 말한 자전거 사고가 그것이다.― 그게 끝이었다. 그마저도 나는 회복이 빠른 편이라 2주가 채 되기 전에 퇴원할 수 있었으나, 지금 내 눈앞의 사람들. 특히 나이가 좀 있는 사람들의 경우에는 그러지 못할 게 분명했다. 확실히 젊고 어린 게 좋긴 좋지. 어딜 다쳐도 금방 낫는다는 것은 큰 자산이니까.

　그러니 준호도 곧 일어날 테다. 그놈은 나보다도 몸이 좋으니. 이렇게 생각하니 조금 배가 아팠다. 키도 크고 얼굴도 훤칠하게 생겨선 자기 몸의 한계라도 시험하고 싶었던 거였나. 그렇지 않고서야 애매하게 그 높이에서 떨어질 이유가 없지 않은가. 그게 맞는 것 같다.

　정신을 차리니 엘리베이터 앞에 있다는 사실을 나오는 사람들이 알려주었다. 짧게 사과한 뒤 들어가려던 찰나, 데스

크에 앉아있던 직원은 나를 멈춰 세웠다.

"선생님?"

"…?"

"보호자세요?"

"친구 병문안인데요."

"그럼, 못 올라가요. 보호자 신분 1인만 가능해요."

"상태만 보고 나올게요."

"어차피 간호사들이 막을 거예요. 다른 환자들 있다고. 심각한 게 아니면 친구분이 내려오셔야 해요."

'심각한 거니까 직접 보러 가죠.'라는 말을 나는 차마 하지 못했다. 안 그래도 피곤한 직원을 더 이상 귀찮게 할 수는 없는 노릇에 나는 어떻게 해야 하나 잠깐 고민에 잠겼다. 결국 그 잘난 보호자 신분으로 들어가 있는, 그의 어머니를 불러 대신 상황을 전해 들어야 했다.

5분 정도만 기다려 달라는 어머니의 목소리에 나는 왠지 모를 뜨거운 덩어리가 북받쳐 올랐으나 무엇인지 알지는 못했다. 그녀는 정말 5분, 정확히 5분 뒤 엘리베이터에서 내렸다.

🌢

붉게 충혈된 눈은 방금까지 눈물에 한껏 적셔졌던 사람이라는 것을 증거하기도 했지만 나는 그 얼굴을 애써 모른체했다. 그것을 외면하지 않고서는 대화할 수 없었던 까닭이다. 나는 이리저리 시선을 돌려도 보고 고개를 떨구기도 했다. 그녀는 내가 눈을 똑바로 보고 대화해 주기를 바라는 듯했으나 차마 그럴 순 없었다. 왜 그랬느냐고 묻는다면 나는 할 말이 없다. 그에 대한 더 깊은 이유를 나는 찾아내지 못했다.

올바르게 살아왔다고 말할 특별한 선행도 없었거니와, 천하에 살아가선 안 되는 큰 죄를 지은 적도 없으나 그런 주제에 나는 과연 인간으로의 도리와 이럴 때 올바른 사람이라면 취해야 할 행동이 무엇인지 가슴으로 몰래 생각하면서 그녀의 간곡한 요청을 들어주기엔 너무도 멀리 나와버린 것이었다.

지금 할 수 있는 고작이라곤 멍청하게 서서 그녀의 말을 듣는 것뿐, 그 이외엔 아무것도 할 수 없던 사실이다.

"그래도 준호가 친구를 잘 뒀다…. 이럴 때 바로바로 찾아와 주고…."

아. 이런 말을 들어선 안 되었다. 내가 최소한의 양심, 혹은 위에 장황하게 늘어놓은 고민의 일 푼이라도 그 결과가 좋았다면 이런 말을 듣지는 않았을 것이다.

지금 내가 들어야 할 말은 어째서 준호가 이렇게 되기까지 놔뒀냐는 말이거나 더 나아가서 대체 애가 이렇게 될 때까지 말 한 번이 없었는데 들은 게 없었냐는 심문이어야 했다. 그러나 그녀는 그런 날 세운 말을 거두고는 준호에 관련된 어떤 질문도 내게 하지 않았다. 그저 501호에 누워 편히 자고 있을 그의 모습을 말해주는 것, 그로 끝이었다.

"준호 지금 누워있어. 다리를 많이 다쳤는데, 의사 선생님이 죽진 않을 거래. 나중에 준호 일어나면 둘이 얘기 좀 해봐…."

내게 하는 부탁이 고작 얘기 좀 나눠달라니. 차라리 그놈이 죽었다면. 내가 얻을 부탁은 그보다 더 중대한 장례식 조문객을 맡거나 녀석의 관을 함께 옮겨가는 숭고한 일을 맡았을 텐데. 이런 바보 같은 놈. 이런 바보 같은 엄마. 이럴 때는 나라도 침착해야 했다. 바보 같은 부모니, 자식도 바보로 태어난 게 분명하지만 나는 아니었다. 누구보다 이성적이니까. 우리 부모님은 그렇게 키우셨고 나 역시 그게 세상 살아가는 데에 특히 좋은 능력임을 알았다. 그렇기에 내가 도와줄 수밖에. 괜찮냐고 묻는 일은 이럴 때 아무런 도움이 되지 않거니와 어차피 괜찮지 않을 것을 알고 있으니 굳이 물어볼 필요도 없다.

"언제쯤 일어난대요?"

"…글쎄 그건 모르겠다고 하셨어."

언제 일어날지도 모르는데 일어나면 얘기를 나눠달라니. 이걸 듣고 보니 그리 쉬운 부탁이 아니었다. 어쩔 수 없이 나는 그가 일어나는 순간을 위해 매일매일 기다려야 했다. 그나마 다행이었던 것은 학교가 방학에 들어갔으니 적어도 한 달 정도는 그렇게 사는 일에 별 지장이 없다는 사실이었다. 그러나 한 달이 지나도 일어나지 않는다면. 그것은 참 난감하다. 내 학교생활을 위해서라도 그는 빠르게 일어나야 했다.

적어도 당일은 일어날 가망이 보이지 않는 게 확실했다. 올라갈 수도 없던 나는 곧바로 돌아가겠다는 말을 뱉으려 했으나 이내 그녀가 보인 행동에 그러지 못했다.

그녀의 참아냈던 눈물은 뺨을 타고 흐르고 있었다. 핼쑥해진 볼의 움푹 들어간 부분에서 속도감을 즐긴 이슬이 광대뼈를 지나자 무서운 속도로 떨어지기 시작했다. 한 방울을 선두로 수없이 많은 방울이 그 뒤를 매섭게 쫓았다. 나는 그것을 보고 말았다. 지금까지 기울였던 노력이 무색하게 하필 마지막에 와서 그 장면을 그야말로 보고 말았다.

이 글을 읽고 있는 당신이나 그런 상황의 다른 사람이라면 어떻게 했을지 궁금하지만, -사실 궁금하지 않다. 그래도 이런 상황이 흔한 건 아니어도 있긴 할 테니- 나는 끝까지 모른 척했다. 마침내 돌아가야겠다는 말을 끝으로 어떤 말도 듣지 않은 채 문을 밀고 나왔다. 마지막으로 와줘서 고맙다는 말을 들은 것도 같으나 그녀의 눈물을 본 이후로 정확히 내가 무엇을 듣고 보았는지 기억하지 못했다.

그저 욕지거리를 한 사발 내뱉으며 병원 주차장에서 담배를 피운 것, 그 외엔 어떤 것도 남아있지 않았다.

다음날도, 또 다음날, 일주일을 빠짐없이 찾아간 나는 그가 일어났다는 소식을 듣지 못했다. 그럴 때마다 가슴속에선 누에가 고치를 만드는 것처럼, 희미하게나마 불쾌한 감정의 실타래가 조금씩 자리를 잡아갔고 나중이 되어서 심장의 한쪽 끄트머리에 종양처럼 들러붙은 그 덩어리를 느낄 지경에 이르렀을 때, 술에 빠져있는 나를 보았다.

"네 탓도 아닌데 뭐 하러 그렇게 찾아가냐."

앞에서 함께 술잔을 기울이던 석호는 내게 일갈과 위로를 동시에 건넸다. 나보다도 덩치가 크고 동굴에서 울리는 듯한 목소리를 가진 남자였기에 그의 앞에 있을 때면 나는 항상 위축되어 고분고분 술만 퍼마시고 있는 것이었다.

"맞아요. 연준 씨 잘못도 아닌데, 왜 그리 신경을 써요. 그 정도면 충분히 했다고 생각해요."

그 옆에 있던 석호의 애인은 그의 말에 적극적으로 동의했다. 나와 몇 번 본 적은 없지만 그녀는 석호만큼이나 당당하고 그에 대한 자부심을 충분히 가질만한 여자였음에도 겸손했다. 아마 준호의 어머니가 이런 성격이었다면 조금 더 의연하게 대처하지 않았을까. 나도 조금은 침착하게 행동을 가다듬었을지도 모른다. 다시, 모든 걸 제쳐놓고. 나는 세계적인 상을 위해 심혈을 기울이는 화학자처럼 조심스레 소주와 맥주를 뒤섞었다.

거품이 올라와 겉으로 봤을 땐 그리 도수가 높아 보이지 않지만, 사실 소주가 훨씬 많은 그 술은 내가 빠르게 취하는 것을 도왔다. 그들은 내가 취하는 것을 바라지 않았고 그렇기에 술을 더 시키자 해도 절대 시켜주지 않는 냉정한 사람들이었다.

그들이 몰래 정한 규칙에 따르는 게 싫었기에 나는 나름대로 취할 수밖에 없는 주조법을 만들어 내고 있었으며 그 노련함은 시간이 지날수록 정밀해졌다. 나는 마침내 고작 20분 만에 취할 수 있는 특급 제조법을 만들어 낼 수 있었다. 아무리 술을 잘 마시는 이도 이걸 먹으면 훅 가버릴 것이란 생각에 나는 홀로 낄낄거렸다.

두 사람은 그런 나를 보며 더더욱 이상하다고 느꼈겠지만 나는 전혀 변한 게 없었다. 단지 잠을 좀 편하게 자기 위해 누군가 따뜻한 우유를 마시듯, 내겐 이것이 나름대로 효과가 든다는 사실을 안 것뿐이었다.

석호는 질렸다는 티를 내며 담배를 피우기 위해 밖으로 나갔다. 그의 애인은 홀로 남아 몇 마디 조언을 건넸으나 그게 무슨 말이었는지 나는 기억하지 못한다. 먹먹해진 귀에 아무리 좋은 말을 해주어도 면봉보다 못하다는 생각을 하고 있자니 절로 웃음이 나왔다.

그때 내가 떠올리고 있던 것은 제발 병실에 누워있던 준호가 일어나 어떤 말이든 해주는 모습이었다. 다시 능청스럽게 바보 같은 소리를 하는, 앞에서 술을 마시며 같이 낄낄거리던 녀석의 모습을 떠올리자니 나는 기분이 확 상해버렸다. 그렇게 멍청하니 소액결제 사기 같은 거나 당하지. 나는 핸드폰을 들어 올려 몇 분을 멍하니 쳐다보았다. 중간에 석호가 다시 들어왔던 것도 같지만 그건 별로 중요하지 않다. 이 손바닥만 한 덩어리에 사람이 죽고 산다는 게 신기해진 나는 완전히 전원을 꺼버렸다. 이제 이건 정말 덩어리였다. 내가 전원을 다시 꾹 누르는 게 아닌 이상, 이놈은 아무것도 할 수 없는 일개 백만 원짜리 사각형에 불과했다. 단단하니 사람을 죽이려면 차라리 이 상태로 찍어버리는 게 나은데 굳이 머리를 쪼아가며 그렇게 돌아 돌아 사람을 죽이는 이유를 나는 알 수 없다.

모른다. 아무것도 모르겠다. 그날 돈을 좀 빌려달라는 준호의 말에 내 등록금이라도 내주었다면 그렇게 안 됐을지도 모른다. 종강 파티에 가는 대신 그 녀석과 함께 술을 마셨다면, 수업 시간 걸려온 전화에 잠깐이라도 나가서 전화를 받았다면 5층에서 뛰어내리는 과감한 도전을 그가 시도하지 않았겠다.

기적의 만병통치약을 만들려다 극독을 만들었다는 사람의 이야기를 나는 잊지 못하고 있다. 이것저것 섞다 보니 제 딴에는 나름 괜찮아 보였던 게 결국 사람을 죽여버렸던.

내가 고른 선택 역시 마찬가지였다. 조금씩 섞여 쓰디쓴 술이 되어있다. 이제 내 몸을 실험 쥐 삼아 그걸 마시고는 매일매일 조금씩 고배를 마시며 조금이나마 내게 생긴 종양을 희석할 수 있다면, 그게 몇 번이든 마셔주마. 설령 다른 종양이 생긴다 해도 마셔주겠다.

사람들은 신체에 생기는 암을 두려워했지만, 그보다 무서운 것은 영혼에 생기는 암이었다. 감각적인 고통이 영혼까지 갉아먹는 것이기에 사람들은 그 병을 무서워했을 뿐. 아무리 죽여도 재발하고, 생명이 끝날 때까지 치유할 수 없는 그 불치병은 정신의 혈관을 타고 사람들의 몸을 갉아먹었다. 앞의 두 사람이 만류하는 이 술이 진통제라는 생각을 떨치지 못하고 정신을 차렸을 때, 침대에 누워 나병 환자처럼 누워있는 나를 보았다. 결국 또다시 일어나 버렸다.

🌢

문안 길에 오른 나는 버스에서 울컥대는 속을 부여잡았다. 심히 상태가 안 좋은 걸 이젠 스스로도 알 수 있었다. 어차피 가도 일어난 준호를 보지 못할 거란 생각이 머리를 울렸다. 매일 같은 버스에 오르고 30분 동안 차를 타고 2시간을 그의 어머니와 대화한 뒤 돌아오면 술을 마셨다. 이런 여유를 즐길 시간이 내겐 없었고 곧 고학년이 되는 만큼 나도 나름대로 준비해야 할 시간에 이런 짓은 분명 시간을 버리는 일이었다. 나는 눈을 감고 해야 할 일이 쌓여있다는 사실을 하나씩 더듬어 나갔다.

그러나 닫힌 눈꺼풀 뒤로 동공은 더욱 커졌다. 한편 의식이 닫히지 않고 날카롭게 눈꺼풀과 검은자의 사이를 강제로 벌렸고 눈알과 그 덮개의 사이가 유독 멀어졌을 때, 시간이 말라가는 느낌에 나는 되려 눈을 떠버렸다. 그렇게 몇 번을 반복하면 어느새 병원에 도착해 있었다.

이젠 정류장에 내릴 때부터 소독약 냄새가 느껴졌다. 대학병원의 거대한 부지에서부터 땅을 타고 흐르는 생과 사의 향은 눈으로 스며들었다. 그럴 때면 햇빛은 전기의 형태로 변해 수차례 뒷골을 지져 대는 것이었다. 이제 나는 준호에게 화가 나기 시작했다.

그 불과 뛰어내리기 이틀 전까지 실실거리던 얼굴로 나를 깜빡 속아 넘겼으니, 이렇게 보면 그도 가해자가 아닌가. 나도 잘한 건 없지만 준호도 사기꾼이 분명했다.

괜찮다. 그 괜찮다는 말로 나를 홀랑 속이곤 이렇게 저승으로 도피하려 했던 그가 가장 나쁜 사기꾼이었다. 나는 이렇게 생각하면 몸이 나른 해지는 것을 모르는 새에 깨달았다. 그러나 이런 식으로 자위하고 있을 때면 내 다른 면의 누구는 미처 깨닫기도 전에 몇 센티미터는 되는 듯한 손톱으로 내 심장의 아랫부분을 꽉 붙잡는 것이었다. 그렇게 혈관부터 한 바퀴 돌려 감은 채 찢어지지 않을 정도로만 잡고 있는 그 손은 다른 내장의 사이사이를 비집고 자리를 잡은 몹쓸 놈이었다. 그렇게 갑작스레 들어온 불청객에 짓눌린 위장이 울렁거리면, 비로소 준호에게 내비친 분노는 사그라졌다.

"요새 피곤하니? 눈 주변이 짙다."

방금까지 자기 아들을 미워했던 사람이란 것도 모른 채 그녀는 나를 걱정했다. 제 아들이 두 다리가 부러져 병실에 의식도 없이 누워있는데 다른 사람이 눈에 들어온다니, 정말 넓은 시야를 가진 여자였다. 그런데 왜 떨어질 때는 보지 못했는가. 어쩌면 가스레인지 불을 급하게 끄고 있을 수도 있었고 꽃에 물을 주고 있다거나 여유롭게 자고 있었을 수도 있겠지만 그것은 내가 고민할 사안은 아니었다.

그에 대해선 스스로가 생각할 문제라는 걸 아는 듯 그녀는 박카스 한 병을 건네왔다.

"아니요. 어제 조금 늦게 자서 그래요. 진짜 괜찮아요."

"자기 전에 생각이 많으면 잠이 잘 안 온대. 연준이도 요새 힘든 거 있어?"

그녀는 내가 준호처럼 될까 걱정하는 듯했다.

"아니요. 없어요."

자기 전 돌아누워 있으면 천천히, 아주 천천히 푸른색의 늪으로 잠기는 느낌을 그녀에게 어떻게 설명해야 할지 그때의 나는 몰랐다. 이렇게 말해도 그게 뭐냐며 걱정만 더 부추

길 테니 차라리 없다고 하는 게 나은 건 확실했다.

벌써 그가 침대에 누운 지 3주를 넘었음에도 그녀는 일어날 거 같다는 소식 한 번을 전해주지 않았다. 이제 슬슬 일어날 때도 되지 않았는가. 벌써 방학의 절반 가까이 누워있기만 했다. 어서 일어나서 모두를 놓아주었으면. 이 순간 그의 숨 한 번을 만들기 위해 어머니와 나는 비싼 값을 치르고 있으니까.

그 침대는 아주 비싼 거라서 누워있기만 해도 돈이 빠져나가고 그가 팔로 먹고 있는 링거액도, 이곳의 공기도, 모든 건 준호를 위해 준비됐다곤 하지만 결국 다 돈이다. 그런데도 그가 일어나기 위해서라면 얼마든 쓰겠다는 그녀를 보아서라도 이제 슬슬 일어날 때가 되지 않았나. 그날, 돈을 빌려주지 않아서 삐진 건지. 만약 그렇다면 녀석도 참 독하다 독해.

나는 집으로 돌아가며 의식 불명의 환자가 깨어날 확률이 얼마나 되는지 검색했다. 수두룩한 사이트가 나왔고. 살 확률이 높다는 블로그 뒤엔 곧바로 그 희망을 짓이겨 버리는 내용의 블로그가 있었다. 핸드폰을 꺼버린 나는 살 수 있다, 없다 두 질문과 답을 번갈아 떠올렸다. 전자를 바랐으나 한편으론 후자여도 괜찮지 않나. 3주가 넘었음에도 좋은 말 한 번 들을 수 없었던 나는 당장이라도 되돌아가 그놈의 가는 목숨을 유지하고 있는 기계장치를 모두 뜯어버리고 싶었다.

그가 살았으면 좋겠다는 생각, 죽었으면 싶은 바람, 반전

된 생각이 생활에 익숙해졌을 무렵, 결국 깨어났다는 소식이
들려왔다.

◊

  그가 떨어진 지 삼십팔 일, 내가 그를 찾아간 지 삼십칠 일
째 되는 날이었다.
  내가 진정 바랐던 결과가 무엇이었든 그는 살아났고 이제
그는 어떻게든 살아가야만 했다. 한동안 집에서도 병원에서
도 유의 깊게 살펴볼 테니 다시 죽는 기회를 노릴 수는 없을
테다. 가까운 시일 내로 못 죽으면 언제나 죽고 싶다는 생각
은 사라졌다. 가장 죽고 싶을 때를 정확히 잡지 못하면 사람
에게 죽음은 허락되지 못하는 것이었다. 이건 준호가 가장
잘 알고 있었다.
  그러나 애써 감추려 해도 감추어지지 않았던 것은 그가 어
째서 뛰어내렸는지에 관한 호기심이었고 갓 병상에서 일어
난 사람에게 할만한 질문이 아닌 것을 알고 있음에도 나는
목덜미의 뒷부분에서부터 자라난 그 나쁜 물음을 그에게 던
질 수밖에 없던 것이다.
  "말은 할 수 있나요?"
  "할 수 있어요. 근데 안 하는 게 좋습니다. 아마 움직일 때
마다 아플 거예요."

"안 움직이고 말만 하는 건데요?"

"말하는 것도 움직이는 거라서요. 말 한마디를 뱉기 위해 생각보다 많은 근육이 움직이거든요."

나는 담당의의 말을 이해하지 못했다. 한편 나보다 더 배운 사람과 말다툼할 생각은 하지 않았다. 머리를 단발로 쳐낸, 나이가 꽤 있는 의사의 말이 적어도 이곳에선 법이었다.

"…수고하셨습니다. 감사합니다."

"아니에요. 아주 힘든 수술도 아니었어요. 하반신만 박살 난 거라."

'만'이라. 사람이 그렇게 됐다는 게 그들에겐 그리 낯선 일이 아니었다. 그녀의 의연함에 심한 혐오와 고마움을 함께 가질 수 있었다. 만약 그녀가 당황하고 놀랐다면 준호의 수술은 실패로 돌아갔을 테니까. 그런 점에서 그녀의 직업의식은 확고한 게 좋았다.

"여전히 보호자 외엔 못 들어가나요?"

"규정상 그렇죠."

깨어났는데도 볼 수 없다는 사실과 방금까지 울컥거리던 위장 탓에 마침내 나는 돌아버렸다. 결국 병원 복도 한가운데에서 사정사정하며 한 번만 보게 해달라고 그녀에게 빌었다. 밑단이라도 붙잡고 호소하고 싶었으나 그녀의 가운은 내게 너무 멀어 보였다. 의미심장한 표정 뒤에 그녀는 자기가 보일 수 있는 최소한의 배려를 섞어 답을 내놓았다.

"그건 간호사들이 제지할 일이죠. 혹시 몰라요. 세상일이 꼭 규정대로 돌아가진 않거든요. 좋은 쪽이든 나쁜 쪽이든."

그녀가 어떤 의도로 그런 말을 했는진 모르겠으나, 그 말을 들은 이상 행동에 더 이상의 생각 따위는 부여하지 않았다. 병원의 엘리베이터는 상당히 큰 공간을 자랑했고 침대째로 옮길 수 있게 설계한 듯했다. 아마 준호는 이 큰 공간을 설계의 의도대로 알뜰하게 써서 올라갔을 거란 생각이 들었다.

그렇게 1분도 채 되지 않아 도착한 병실에서 그는 사선으로 삼십오 도 정도 일으켜 세운 침대에 눈을 뜬 채 살아있었다. 고개를 이상하게 꺾고 눈앞을 바라보는 모습이 영락없는 준호가 맞았다. 그의 옆으로 다가가 자리에 앉았을 때 옆자리의 간호사는 몇 번 눈을 마주쳤으나 준호의 상태를 보고 이내 다시 눈을 돌렸다. 그녀의 충고가 이번엔 좋은 쪽으로 작용한 듯했다.

"살았네."

"…그러게."

"왜 뛰어내렸냐."

"그러게."

그는 머리로 떨어진 게 아니었을까 싶은 대답만 내놓았다.

"사기당한 게 억울해서?"

"아니."

"내가 돈 안 빌려줘서?"

"그렇겠냐."

그는 눈을 맞추지 않았다. 아무래도 제가 누워있는 동안 내가 어떤 상태에 빠졌었는지 아는 것처럼 보였다. 그가 눈을 바라보지 않는다는 것은 진심이라는 것을 나는 알았다. 사람들은 당당하고 거짓이 없으면 눈을 마주치고 대답한다지만, 모든 것을 내려놓은 사람의 눈 역시 마주치기를 거부한다는 사실을 누군가가 알았으면 한다.

잠깐의 사담을 다시 접자.

그는 나의 추궁에 깊은숨을 들이마시고 말을 꺼냈다. 그의 목소리는 애처로운 듯하면서도 경쾌했고 이전의 내가 알던 준호와 닮았지만, 어딘가 다른 그 목소리에 나는 무표정으로 일관하며 그의 말을 들어야 했다.

"그냥 그날. 집에 말했는데. 실망했다더라. 나한테. 그래서 뛰어내렸어. 특별한 이유 없다."

대답을 들은 나는 조용히 자리를 지켰다. 간호사는 이젠 때가 되었다는 말투로 내게 나가달라고 정중히 부탁했다. 누가 보아도 깔끔한 간호사의 복장에 기분이 좋았고 그래서 나가주었다. 절대 규정을 따라 나간 게 아니라 내가 기분이 좋아서 나간 것이라고 나는 믿었다.

조금만 더 있고 싶다는 생각도 하지 않았으며 나가는 길에 마주친 여자와는 짧게 인사를 끝냈다. 왜인지 나는 병원비가 왕창 나왔으면 좋겠다는 생각을 떨칠 수가 없었다. 몇천만

원은 기본으로 나오길. 아니 할 수만 있다면 계속 불어나는 이자처럼 끝도 없이 치솟길 바란다.

5층 복도의 끝자락에 선 채, 나는 창밖을 내다보았다. 병원의 뒷산, 등성이의 경계부터 제일 아래 주차장까지. 쭉 훑어보았다. 이 정도 높이에서 떨어졌다면 확실히 아팠을 것이다. 아무리 건강한 놈이라도, 이 높이라면 아팠을 게 분명하다.

그날 이후로 다시는 자살 시도에 실패한 사람의 병문안 따위, 가지 않았다.

선
인
장

선인장이 겨울에도 버틸 수 있는 건지 정아는 문
득 궁금했다. 두 달만 지나면 겨울이 찾아온다. 몇 년 전 세
상을 떠난 본가의 개를 떠올리며 살아있었다면 슬슬 겨울옷
을 사입혀야 했겠다고 생각했다. 정작 그녀의 옷장은 텅텅
비어있었고 사실 가득 들어차 있긴 했지만, 입는 옷은 서너
벌 내외의 옷이었다. 그녀는 겨울이 좋았다. 고민하지 않아
도 몸집을 두 배로 늘려주는 패딩만 있다면, 누구도 이상하
게 쳐다보지 않았으니까.

그에 비해 여름은 더할 나위 없는 지옥이었다. 몸에 열이
많았던 데다 이마에 맺히는 땀이 관자놀이의 아래를 타고
흘러내리면 그녀는 쉴 틈 없이 패드를 두들겨야 했다. 시월

에 접어들자 흐르기 직전의 땀은 바람이 말려주었고 그녀는 자신의 노고를 덜어준 바람에 고마웠다. 얼마 안 가 날카롭게 변하는 바람이 얼굴을 찢어발길 듯 매서웠지만 그 정도는 목도리 하나로 충분히 감당해 낼 수 있었다. 그러나 이번 겨울엔 그마저도 새로 사야 했다. 작년 크리스마스의 다음 날, 세탁기에 목도리가 들어간 사실을 깜빡한 채 시원하게 돌려버렸고 목도리의 겉면에는 보풀이 일어나 두를 때마다 정아의 빰을 간질간질하게 어루만졌다.

그녀는 감각에 거슬리는 모든 것을 싫어했다. 안구에 말려들어간 속눈썹도, 잠을 못 자 생기는 쌍꺼풀도, 얇으면서 질기기는 더럽게 질긴 손톱 옆의 거스러미도 용납할 수 없었다. 그중에서도 가장 그녀를 성가시게 했던 것은 외이도의 중간쯤에서 굴러다니는 귓밥. 고막 앞에 똬리를 틀고 앉아 심심하면 긁어대는 녀석은 그녀의 가장 큰 골칫덩이였다.

그러나 아무리 후벼 파도 귓밥은 나오지 않았으며 잔부스러기들만이 조금씩 귀이개에 묻어나올 뿐, 정작 귀를 간지럽히는 거대한 놈을 빼내기엔 쉽지 않은 것이었다. 아무래도 깊은 곳에 있음을 직감한 그녀는 마침내 붉은 귓밥을 보고 나서야 포기할 수 있었다. 병원에 가보는 방법도 있었지만, 그녀는 웬만하면 병원에 가는 일을 꺼렸다. 의사의 실력을 못 믿은 것은 아니었다. 다만 누군가에게 마음 놓고 무방비의 자신을 맡긴다는 게 싫었을 뿐이니 치료를 해야 한다면 마음이 편한 상태에서 받고 싶었다.

뒤집혀 있던 핸드폰을 돌려 시간을 확인했을 때. 검은 배경 화면에 오전 7시 17분을 가리키는 하얀 숫자가 떠있었다. 핸드폰의 뒷면은 구석이 깨져 사과 모양의 로고 아랫부분까지 절벽의 결과 같은 금이 생겨있었지만 그럼에도 고친다거나 혹은 기계를 새로 바꾸든가, 뒷면을 감추기 위해 케이스를 씌우는 일은 없었다. 친구들은 마지막으로 만났을 때 이 년 넘게 썼으면 좀 바꾸라며 핀잔을 주었다.

"깨진 게 이상한 건 아니잖아."

전화기가 전화만 잘 돌아가면 그만이라는 정아의 완고한 태도는 항상 주변 사람들의 입을 닫도록 만들었다. 더 이상 주변의 누구도 그녀의 일에 참견하지 않았다 정아는 확실히 그런 상태가 편했다. 그러나 미은만큼은 그런 정아를 항상 걱정하고 있었다. 오죽 혼자 사는 자식이 외로울까, 한 달에 한 번은 꼭 KTX를 타고 서울에서 부산까지 내려오는 그녀의 모성애는 대단했다. 한편 그녀는 자기 딸이 독특하다는 사실을 낳은 뒤 18년이 지난해부터 알았다.

학교에서 친구 두 명을 제외하곤 두루두루 어울리지 못한다는 담임의 소식도, 구태여 얘기를 꺼내진 않았으나 그녀의 마음을 조금씩 태웠다. 언젠가 사회에 나가서까지 저런 성격이라면 사는 게 피곤해진다는 걸 지난 세월 속에서 알았기에 더욱 걱정이 앞서는 것이었다.

정작 정아는 그런 모성애를 이해하지 못했다. 낳았다고 해서 그녀가 왜 노쇠한 몸으로 지금까지 자신을 챙기는지, 법적으로 성인이 된 딸을 왜 아직 마음 편하게 두고 보지 못하는지, 없는 형편에도 불구하고 한 달에 한 번 오만 원이 넘는 열차표를 끊고는 반찬을 싸 들고 오는지, 그녀는 전혀 이해하지 못하고 있었다.

담배를 피우며 사색을 즐기고 있자니, 핸드폰의 몸이 떨리며 화면이 켜졌고 정아는 미은이 내려오는 삼십 일 중 하루가 오늘이었음을 떠올렸다. 분명 아침 열차로 출발했을 것이다. 서울역에서 부산역까진 3시간이면 도착할 수 있었다. 아슬아슬 틀릴 듯하면서도 결국엔 정확하게 지켜지는 열차의 시간은 스스로의 엄격한 기준을 양보하는 일이 없었다. 그런 칼 같은 잣대는 기다리고 있는 상대방에게도 적용되는 것이어서 항상 엄마가 열차를 타고 온다는 소식이 들리면 정아의 근육은 자신도 모르게 긴장 상태로 돌입하고 있었다.

최대한 잘살고 있는 모습을 보여야 했고 방에 밴 담배 냄새도 지워야 했다. 일주일 동안 미뤄놓은 빨랫감은 그녀가 들기엔 상당히 거대했다. 무겁지는 않았지만, 부피가 워낙 커서 그녀가 한 번에 들기엔 버거웠다. 결국 그녀는 미은이 걱정하지 않을 만큼만 남겨놓고 세탁기에 모두 넣어버렸다.

청소기를 돌리는 동안엔 썰렁한 공기가 창문을 통해 들어오고 있었고 간질간질한 바람이 그녀의 목을 타고 척추 뒤

쪽으로 가속도를 붙여가며 내려왔다.

안 그래도 바쁜 상황에 거슬리는 바람이 마음에 들지 않자 정아는 창문을 닫아버릴까도 생각했다. 그러나 아침에 일어나자마자 피운 담배 연기를 바깥으로 넘겨야 했다. 그녀는 연기 냄새를 불편해하지 않았다. 오히려 따스한 햇살과 상쾌한 공기가 가득한 바깥보다 조금 눅눅하고 매캐한 연기가 나는 공간이 그녀에겐 편했다.

'이럴 줄 알았으면 나가서 피울걸.'

아침부터 전투를 방불케 하는 난리였으나, 미은의 행동에 대해 불평하지는 않았다. 그래 봤자 한 달에 한 번만 참으면 되는 일이었고, 지난 명절에 올라가지 않았으니 갑자기 떨어진 선고에 그리 불평할 건더기도 존재하지 않았다. 모여도 자기 딴에 좋은 대화가 들리지 않는 곳을 굳이 가고 싶지 않았던 그녀는 바쁘단 핑계로 약 일주일의 자유를 얻는 데에 성공했다. 그 시간은 고스란히 네 병의 소주, 다섯 편의 애니메이션 영화와 미뤄뒀던 드라마로 교환되었으니 무려 이 정도의 행복에 하루 정도야 괜찮다는 그녀만의 논리는 청소기를 빠르게 돌리도록 만들었다.

잔뜩 움직이다 보니 배에서 꼬르륵- 소리가 울렸다. 오랜만에 공복을 느낀 정아는 냉장고 문을 열고 뒤적거리기 시작했다. 다행히 어젯밤 편의점에서 사 온 삶은 달걀 두 개가 있었고 그녀는 소금간도 없이 두 알을 네 입에 나눠 먹었다. 그녀가 어릴 때 달걀은 밥상에 빠지는 일이 없었다. 밋밋하면서 은은하게 감도는 포근한 맛은 그녀가 가장 좋아하는 맛이었다. 짜고 달콤한 음식을 싫어하지는 않았지만, 그런 것들을 먹고 있으면 자연스레 머릿속에선 계란프라이의 모습이 떠올랐다. 그러나 중학생이 됐을 무렵부터 집에서 밥을 먹는 일은 점차 줄어들었고 어느 순간 그녀에겐 아침 밥상에 올라오는 계란보다 머리를 말리고 가는 일이 중요해져 있었다.

그 와중에 마지막 한입이 식도의 뒤편에서 정체되어 내려가지 못했다. 다시 냉장고를 열어 물을 찾았으나 자기 전 털어 넣은 한입이 마지막 생수였다. 터널 빛의 조명이 가득한 냉장고 안엔 반병의 소주와 몇 캔의 맥주만이 마실 것의 전부였다. '단 한 모금이면 상관없지 않을까.' 병뚜껑을 살며시 연 정아는 역하지 않을 정도의 소주만 조심스럽게 넘겼다. 그나마 알코올이 어느 정도 날아갔기에 그리 못 먹을 수준은 아니었으며 친구가 언제 차에 뒀는지도 모르는 보리차를 따서 마셨을 때의 맛보다 나았다.

방향제를 뿌리는 것으로 그녀는 석 달 만의 대청소를 끝냈다. 바닥과 책상에 너저분하게 흩어져 있던 도화지들은 서랍장 어딘가에 쑤셔 박았다. 마침내 창문을 닫았을 때, 그녀는 비로소 다시 시원하고 맑은 세상과 단절되었단 사실이 뿌듯했다. 한편 미미하게 들리는 진동 소리가 그녀에게 찾아달라고 말을 걸어왔다. 아무리 찾아도 보이지 않는 행방에 그녀는 다급해졌다. 아직 씻지도 못한 상태였지만 마음 놓고 화장실로 들어가기엔 언제 미은이 도착할지 몰랐다. 누군가를 마냥 밖에서 기다리게 하는 일은 스스로의 마음을 갉아먹도록 만드는 일이었다.

그녀는 결국 핸드폰을 찾으며 1시간을 묵묵히 기다릴 수밖에 없었다. 미은의 성난 초인종 소리가 울리고 나서야 정아는 안심했다.

🜔

양손 가득 반찬을 싸 들고 온 미은은 문을 열고 나온 정아의 초췌한 모습을 보고 사뭇 놀랐다. 그러나 가장 거슬렸던 것은 딸의 방에 은은하게 감도는 담배 냄새였다.

"아직 안 끊었어?"

들어오자마자 잔잔한 일갈을 갈기는 미은의 태도가 정아는 싫었다. 어차피 들킬 것이라, 생각은 했지만, 첫 마디로 듣기엔 아침부터 열심히 창문을 연 수고가 무색했으니까.

"줄였어."

"웬만하면 완전히 끊어. 아침부터 피운 건 아니지?"

"안 피웠어."

자신감 있게 거짓말하는 법을 정아는 어릴 때부터 잘 터득

했다. 들켰을 때 더 크게 혼나긴 했지만 열 번 들킬 일을 다섯 번 정도로 줄이는 편이 나았다. "전화는 왜 안 받아?"

"핸드폰 얻다 뒀는지 까먹었어."

"찾긴 찾았어?"

"아직. 계속 전화 좀 해줘 봐."

밋밋하게 울리는 소리를 미은은 바로 잡아냈다. 곧바로 냉장고로 다가가 문을 열어젖혔고 2층 반찬 칸에 덩그러니 놓인 딸의 핸드폰을 보자 그녀의 입에선 한숨이 푹 나왔다. 정아는 자신이 1시간을 찾아도 보이지 않던 물건을 어떻게 이리 잘 찾아내는지 신기할 따름이었다. 미은은 문을 연 김에 싸 온 반찬들을 냉장고 안에 집어넣기 시작했다. 감자조림, 멸치볶음, 메추리알 장조림, 콩나물무침, 오징어젓갈, 김치. "김치 아직 많은데."

"김치는 많을수록 좋은 거야."

"어차피 겨울에 김장하면 또 갖고 올 거면서."

뒤에서 들릴 듯, 말 듯 홀로 정아는 중얼거렸다. 동시에 차곡차곡 쌓이는 반찬들을 보며 한동안은 반찬 걱정이 없겠다고 생각했다. 미은은 웅얼거리는 혼잣말을 무시한 채 냉장고의 배를 채우는 일에 집중하고 있었다. 마지막 반찬통을 집어넣은 뒤에라야 그녀는 딸의 방을 죽 둘러보았다. 벽지에서 뿜어져 나오는 담배 냄새 말고는 딱히 지적할 것이 없었고 혼자 살고 있는 딸이 그래도 멀쩡하게 집을 사용한다는 점

에서 미은은 조금 안심했다. 모든 것을 제쳐두고 가장 눈에
띄었던 것은 정아의 팔이었다.

"문신 또 했어?"

"타투야."

"문신이지 뭐 그게. 도화지가 부족해서 몸에 그리니?"

"타투이스트 몸에 없으면 이상하잖아. 남의 팔에 흉 남기
는 거보단 이게 나아."

"할 거면 예쁜 걸로 하지…."

미은은 딸의 왼팔에 눌러앉은 검은색 십자가를 어루만졌
다. 새로 새긴 지 얼마 안 된 도안이었다. 정아는 엄마의 손
에서 팔뚝을 휙- 빼냈다.

"만지면 안 돼. 물 닿는 것도 안 된단 말야."

"교회도 안 다니면서 그건 또 왜 그리 크게 받았어."

"전에 있던 그림 세 개, 안 예뻐서 한 번에 엮었지. '커버업'
이라고 있어."

정아는 더 이상 타투에 대한 얘기를 나누고 싶지 않았다.
처음 세 개의 우정 타투를 새기고 집에 찾아갔을 때, 미은의
손바닥이 아직 부드럽고 작았던 그녀의 등짝을 후려갈겼다.
그날따라 엄마의 손길이 더욱 아프다고 정아는 생각했다. 실
제로 더 세게 맞았을 수도 있었다. 친구들이 받자고해서 어
쩔 수 없이 받았던 건데. 이미 받은 걸 무를 수는 없었고, 미
은은 딸이 좋다면 뭐든 괜찮다는 주의였던 까닭에 이후로는

한 번씩 지적만 할 뿐 크게 뭐라고 하지 않았다. 다만 그 최
소한의 지적도 정아에겐 그리 달가운 것이 아니었다.

"밥은 먹었어?"

정아는 고개를 좌우로 세차게 흔들었다. 미은 앞에서만큼
은 최대한 활기차 보이고 싶었다. 그러나 목소리는 아무리 힘
주어 또박또박 말하려 해도 다시 원래대로 돌아오고 말았다.

"먹으러 가자. 여기 뭐 있니."

"그냥 집 앞에서 먹어. 분식집 있으니까."

"그래도 부산까지 왔는데. 자갈치 가자. 바다도 볼 겸."

정아는 바다를 좋아했다. 엄밀히 따지자면 미은의 기억 속
에 남아있는 정아가 좋아했다. 자기 딸이 더 이상 바다를 좋
아하지 않는다는 걸, 미은은 모르고 있었다. 정아는 멀리까
지 나가는 게 싫었으나 한 달 만에 내려온 엄마의 제안을 차
마 거절할 수는 없었기에 화장실 거울 앞에 놓인 칫솔을 꺼
내 들고는 어느 때보다 열심히 이빨을 닦기 시작했다.

🌢

전포역 근처의 카페거리는 항상 사람이 북적거렸다. 미은
이 내려온 오늘은 더욱 많아 보였다. 조금 더 키가 작은 엄마
를 위해 정아는 보폭을 맞춰 걸어갔다. 걷는 동안 미은은 이
리저리 둘러보며 딸에게 말을 걸었고 그날따라 유난히 사람

이 많았다. 정말 정말 많았다. 설문조사, 후원 동참, 지지 서명…. 각기 다른 목적을 지닌 사람들이 나와서 해야 할 일을 하고 있었으며 그보다 많은 사람이 앞을 지나갔다. 해봐야 열댓 명의 서명만 받는다면 돌아갈 수 있을 테지만 이를 위해서 그들은 몇 시간을 서있어야 했다.

"부산도 예쁜 카페 되게 많다."

감성 카페의 내부를 통유리창 너머로 바라보며 미은은 중얼거렸다.

"서울은 브랜드가 훨씬 많은데."

"부산도 똑같아. 여기 근처만 이렇지."

"애, 저거 봐."

미은이 가리킨 곳에는 페이스 타투를 새긴 여자가 전봇대 옆에 서서 한적하게 담배를 피우고 있었다. 피부가 하얀 덕에 검은색 잉크로 새긴 그녀의 도안은 더욱 확실하게 빛났다.

"나중 되면 얼굴에도 할 거야?"

"…왜?"

"아니 그냥…."

한껏 일그러진 정아의 표정을 미은은 빠르게 알아챘다. 언제나 가장 고치고 싶어 하면서도 안 고쳐지는 게 말을 한 뒤 아차, 하는 버릇이었다. 그러나 타투에 관한 언급은 좋아하지 않는다는 걸 알면서도 그녀는 다시 꺼낼 수밖에 없던 것이다. 이상하리만치 정아의 몸에 새겨진 타투든, 다른 사람의 타투든, 그녀의 눈에 들어올 때면 말을 할 때 거침이 없었다. 이는 분명 살아온 시간의 무엇이 미은의 머릿속에 박아넣은 인식이었다.

"얼굴은 다 보이잖아. 이미 예쁜 얼굴에 굳이 뭘 더 그릴 필요 있나 싶은 거지…."

"남들 보라고 하는 거 아니야. 예뻐지자고 하는 것도 아니고. 그냥…."

빠르게 몰아치려던 문장이 들숨에 잠깐 끊겼다. 정아는 숨을 내뱉고 다시 말을 이어갔다.

"그냥 하는 거야. 그리고 얼굴은 할 생각 없으니까 걱정 안 해도 돼."

이후로 둘은 전포역에 도착할 때까지 말이 없었다. 예쁘다던 카페의 모습도 더 이상 미은의 눈엔 들어오지 않았다. 그녀는 혹시나 자기 말에 딸이 상처받았을까 조마조마했다. 정아는 계속해서 아무 말도 없었다. 그녀의 표정은 차가웠지만 동시에 따뜻하기도 했다. 이도 저도 아닌 그녀의 상태는 항상 주변 사람들을 불안하게 만드는 요소였다.

귀를 찢을 듯 날카로운 쇳소리에 정아는 잡스러운 생각을 모두 떨쳐버리고는 얼마 전 유튜브에서 본 영상을 떠올렸다. 기찻길에 몸을 던졌으나 상체와 하체가 분리되었을 뿐, 살아남았다는 괴담이었다. 그녀는 영상을 보는 내내 영상 속의 여자가 참 불행하다는 생각을 떨쳐버릴 수 없었다.

그때 미은이 딸의 품속으로 파고들었다. 갑작스러운 포옹에 정아는 퍽 당황했으나 밀어내진 않았다. 그래도 자기 엄마니까. 그러나 귓속에서 굴러다니던 귓밥이 한번 크게 흔들린 탓에 정아는 단 한 번 얼굴을 찌푸렸을 뿐이었다.

"엄마."

"응?"

"저기 뛰어들면 아프겠지?"

"얘가 그런 말은 왜 하니. 재수 없게."

육중한 무게의 열차가 자갈치에 도착하기까지 그녀는 머릿속으로 떠올렸던 영상을 미은에게 설명했다. 부둣가의 바다 내음이 지하까지 내려오고 있었고 그곳은 땅 중의 땅마저 바다와 가까웠다. 미은은 그제야 딸이 했던 얘기에 진지하게 답하기 시작했다.

"안 좋은 생각하는 거 아니지?"

"그런 거 아니야. 그냥, 그냥 되게 좀 안됐잖아. 영상에 나온 게 사실이면."

"괴담이라며. 그냥 가십으로 보는 거지 뭘 그렇게 생각해."

가십. 확실히 가십이었다. 그저 재밌게 보고 듣고 흘려버리면 그만인데. 정아는 그게 잘 안되는 사람이었다. 흘려듣는 게 잘 안되는 사람. 두 사람의 사담은 거기까지였다. 미은은 다시 주변 풍경을 둘러보았다. 한 달 만에 내려온 부산의 향은 그녀의 코를 간지럽혔다. 바람에 섞인 건어물 냄새가 미지근하게 풍겨올 때, 그녀는 잠시 겨울을 향해 달려가는 계절의 흐름을 잊었다. 부푼 가슴을 끌어안고 딸에게 회를 사주기 위해 내려온 것이었다. 정아가 돈이 없던 것은 아니었지만 혼자서 회를 사 먹을 만큼 여유가 있는 사람도 아니었고 미은은 그 사실을 알았다.

"회 센터 가자. 엄마가 사줄게."

"됐어. 오랜만에 내려왔는데 무슨….."

"딸내미한테 회 한 접시 못 사주면 쓰니."

"엄마도 돈 많이 없잖아."

정아의 말은 미은의 가슴 속으로 파고들었다. 확실히 그녀의 잔고도 그렇게 여유로운 편이 아니었다. 그래도 그녀는 엄마라는 사실 하나만으로 오기를 부렸다. 얼마 지나지 않아 두 사람은 항구에서 가까운 회 센터를 찾을 수 있었다.

◊

"멍게나 그런 거 빼고 다른 생선으로 더 줘요."

처음 보는 사람이라도 흥정할 때면 미은의 입은 거침이 없었다. 연륜에서 묻어나 오는 자신감일 수도 있었고, 어디에서 배워 온 것일 수도 있지만 그녀의 당당한 태도는 분명 매력적이었다. 언젠가 뜨겁게 연애했던 시절에 그 당당한 모습을 사랑했다고 정아의 아빠는 말한 적이 있다. 나이가 들어도 그의 마음을 홀렸던 장점만큼은 여전했다. 정아는 그토록 자신감이 넘치는 미은의 모습을 볼 때면 신기했다.

"이 집이 회를 잘하더라. 저번에 왔을 때도 여기 걸로 먹었 거든."

"언제 왔었는데?"

"지난달에. 아빠랑 같이 왔을 때."

"아빠 왔었어? 왜 얼굴도 안 보고 갔대."

마음에도 없는 소리였다. 그녀는 아버지의 얼굴을 보는 일에 익숙하지 않았다. 본가에 있을 때도 부녀가 대화하는 일은 거의 없었다. 다만 그 사이에서 미은이 말을 많이 해주었기에 아주 어두운 분위기의 가정은 아니었다. 정아는 그런 노력을 기울이는 미은을 항상 안쓰러워했다.

호준은 언제나 정아의 삶에 관심이 많았다. 학교는 잘 다니는지, 밥은 먹고 다니는지, 애인은 있는지…. 정아는 그런 호준의 관심이 싫었다. 한여름에 땀을 뻘뻘 흘리면서 방에서 나왔을 때, 집에선 짧은 옷을 좀 입고 있으라던 부모의 충고도 정아는 듣지 않았다. 결국 두 사람은 없는 형편에도 불구하고 딸을 위해 먼지 쌓인 에어컨을 틀어주었다.

"아빠 잘 지내?"

그저 겉치레로 던지는 질문이었음에도 미은은 성심성의껏 답해주었다.

"잘 지내지. 왜. 아무래도 좀 걱정돼?"

그 말을 듣자 정아의 손가락은 벨을 향했다. "소주 한 병만 줘요."

"너 그거 괜찮아? 바늘로 찌른 거."

"이 정도는 괜찮아. 그래도 시간 좀 지났으니까."

"아까 팔 잡았을 땐 되게 뭐라 하더만…. 피-."

아직 완전히 아문 상태는 결코 아니었다. 분명 한 잔만 마셔도 염증이 올라올 터였다. 이전에 새겼던 그림 세 개가 흉하게 변한 것도 그녀의 알코올 의존 때문이었다. 명색이 직업으로 삼고 있으면서도 자기 자신에 대해선 더럽게 관리를 하지 않는 사람이니까.

"원래 의사들이 더 담배 피운대."

"누가 그러디?"

"…몰라 어디서 봤어."

"이상한 데에서 주워듣지 마. 소문 그거 엄청 위험하다. 뉴스 뜨는 것도 다 믿지 말고. 아는 사람 말도 적당히 걸러서 들어."

어린 시절 읽었던 책의 대목이 정아의 머릿속으로 스쳤다. 있다고 다 보여주지 말고 안다고 다 말하지 말고… 이러쿵저러쿵. 암튼 엄마가 하는 말과 비슷하다는 생각에 그녀는 피식 웃음을 내보였다.

"딸."

"?"

"그래서 말인데… 다시 올라올 생각은 없어?"

"없어."

단호한 대답은 언제나 날카로웠다. 엄마의 마음에 흠을 내는 게 좋지 않다는 걸 알고 있으면서도 상황을 깔끔하게 잘라내기 위해 그녀는 언제나 잘 벼려진 칼을 준비해야 했다.

"일은 서울에서도 할 수 있잖아. 오히려 서울이 사람도 많고 젊은 애들도 많이 하고 다니니까. 장사도 더 잘될 텐데. 그리고 집에 있으면 편하잖니. 밥이나 그런 것도 집에서 다 해주고."

"괜찮아. 혼자 살아보긴 해야지. 평생 엄마 아빠한테 기댈 수도 없고."

"그건 그런데… 그래도 집이 좀 더 편하지 않아?"

두 사람의 대화 사이로 잘 썰린 광어시체 한 접시가 불쑥 들어왔다. 대가리는 어디로 가버린 건지 몰라도 몸통만큼은 정갈하게 썰려있었다. 좁은 수족관 속을 이리저리 헤엄쳐 다니던 흔적이 하얀 속살 위에 근육의 형태로 남은 채.

미은은 음식이 나오자 하던 말을 멈추고 얼른 먹으라며 딸의 접시 위에 간장과 초장을 부어주었다. 고추냉이가 섞인 간장은 더 이상 옅은 태양 빛이 감돌던 검은 색이 아니었지만, 회를 찍어 먹기엔 이편이 더 훌륭했다.

정아는 나무젓가락으로 두툼한 한 점을 조심스레 들어 올렸다. 죽은 지 얼마 안 된 생선의 몸은 아직 살아있는 듯 단단했다. 회칼이 자신의 배로 들어올 때, 분명 녀석은 근육을 뭉쳐서 필사적으로 칼을 막아내려 했을 테지만 그런 노력이 무색하게 놈의 배를 가른 직원은 별 힘도 들이지 않았을 것이다. 이렇게 된 이상 맛있게 먹어주는 수밖에. 정아는 그게 생선을 위한 최고의 애도라고 생각했다.

광어의 과시된 근육 위로 적당한 비율의 간장과 고추냉이가 스며들었다. 단면의 절반, 딱 그만큼이 정아가 먹기엔 알맞은 비율이었고 더 많이 찍으면 간장의 맛에 광어의 향이 묻혀버렸다. 덜 찍으면 수족관 벽면에 붙은 비릿한 물때의 맛이 입안에 은은히 떠다녔다.

"괜찮지?"

"맛있네."

"확실히 바다가 가까우니까 회 맛은 여기가 더 나은 거 같다. 담에 오면 또 먹자."

"응. 근데 좀 많다."

확실히 두 사람이 먹기엔 조금 많은 양이었다. 호준까지 있었다면 세 가족이 딱 맞게 먹을만한 정도.

"남으면 싸가서 너 안주 해. 배달 음식보다야 이게 낫지."

"상하면 어떡해."

"그니까 빨리 먹어야지. 가자마자 바로 냉장고에 넣고 오늘 안에 먹어."

아예 맛이 가버린 음식만 아니라면 정아는 뭐든 잘 먹었다. 어렸을 때부터 몸 하나는 튼튼했던 까닭에 큰 몸살을 앓은 적도 없었고 자질구레한 병도, 외이도에서 굴러다니는 귓밥보단 거슬리지 않았다. 이상하게 미은이 올 때면 귓밥이 더욱 거슬리는 듯했다. 어쩌면 정아가 그녀에게 유독 예민한 것은 이 때문일지도 몰랐다.

"나 귓밥 치료받아야 하나."

"접때 거슬린다던 그거?"

"응."

"받아. 왜 아직 그걸 놔두고 있어."

"그냥. 아무리 파도 안 나오던데 알고 보니 없으면 좀 이상하잖아."

"뭐가 계속 굴러다닌다며. 그럼 있는 거지."

정아는 묵묵히 소주 한 잔을 넘겼다. 그래도 술을 마시면 얼굴이 먹먹해졌기에 굴러다니는 느낌이 덜했다. 미은은 딸의 입에서 뿜어져 나오는 알코올 향기를 맡으며 그녀를 애처롭게 바라보았다.

"이참에 서울 한 번 올라와. 잘하는 이비인후과 있어. 간 김에 밥도 한 번 먹고, 홍대나 그런 데도 너 좋아하잖아."

"…됐어."

홍대라는 말에 그녀의 마음은 살짝 움찔했다. 함께 입시를 준비했던 그녀의 친구 두 명이 지금 그곳에 있었다. 대학에 갈 생각은 없었지만, 그녀는 친구들과 함께인 게 좋았고 오직 같이 학원에 다니기 위해 아르바이트를 시작했던 그녀의 우정은 미은의 모성애만큼이나 단단했다.

나이가 한 자리일 때부터 정아, 정혜, 혜경은 늘 함께였으며 초등학교, 중학교, 고등학교를 함께 다닌 세 소녀는 이젠 어엿한 여성이 되어있었다. 그러나 정아가 돌연 부산으로 거처를 옮기며 만날 일이 없었거니와 정혜와 혜경이 직접 찾아 내려왔을 때도 정아는 그저 술만 들이부을 뿐이었다. 이제는 단체 채팅방에서마저 대화가 잘 오가지 않았다. 한 번씩 안부를 주고받는 알림이 울렸으나 언제나 말이 없는 한 사람 덕에 지금은 마지막 연락이 벌써 삼 개월 전이었다. 이젠 정아와 직접 연락하기보다 미은을 통해 소식을 전해 듣는 것이 그녀들에겐 더 익숙했다.

"정혜랑 혜경이는 잘 지내?"

"응 잘 지내더라. 곧 졸업이라며 정신없어 보이던데, 그 와중에 꼬박꼬박 안부 인사도 보내고. 너 잘 지내냐고도 물어주고. 애들이 참 착해."

"나보다 더 딸 같다."

"그래도 아직 네가 첫째네."

"정혜가 더 똑 부러지니까 정혜가 첫째 하자."

정아의 농담을 들은 미은은 입꼬리를 올렸다. 자기 자식이 애주가라는 사실은 크게 좋지 않았지만 술을 마시면 정아는 훨씬 호방해졌고 평소보다 농담도 많이 쳤다. 지하철에 뛰어들면 아프겠냐는 섬뜩한 말이 아닌 순수한 장난이 오가는 대화가 미은은 좋았다.

그러는 새에 술자리로는 간소하고 식사로는 푸짐한 시간이 거의 마무리되어 갔다.

"배부르다."

"엄마는 별로 먹지도 않았잖아."

"언제 엄마가 많이 먹는 거 봤니. 많이 먹어. 시키고 싶은 거 있으면 더 시키고."

정아는 조금 미안한 눈빛을 흘려보낸 뒤 소주 한 병을 더 주문했다. 벌써 붉은 티가 드러나는 정아의 팔을 미은은 걱정스러운 눈으로 쳐다봤다.

"괜찮아 이 정도는."

"어련하시겠어. 나중에 흉 지고 엄마 원망하지 마."

"안 해. 걱정하지 말어."

가족에서 정아만큼 술을 잘 마시는 사람도, 많이 마시는 사람도 없었다. 부모는 그런 정아를 볼 때마다 어디서 이런 애주가가 나왔는지 모르겠다며 놀렸다. 정작 정아 본인은 그런 말에 크게 개의치 않았다.

그러나 술은 넘길 수 있어도 담배만큼은 철저히 지양하기를 딸에게 간청했다. 타투를 새기고 온 날보다 담배를 들킨 날에 두 사람은 더욱 억장이 무너졌다. 특히 호준은 회사에서 흡연으로 건강이 안 좋아지는 사람을 여럿 보았기에 처음으

로 크게 나무랐다. 미은은 그날 아무 말도 하지 않았다. 호준
이 딸에게 호소할 때 옆에서 고개를 숙이고 들을 뿐이었다.

그녀는 미안했지만, 혹시 정혜나 혜경이 꼬드긴 게 아닌
지 의심했다. 그러나 한편으론 둘 다 살면서 담배를 한 번도
손에 대보지 않았을 것이란 직감이 공존했고 그것은 확실히
사실이었다. 딸이 다른 사람과 친하게 지낸다는 일도 그녀에
겐 영 낯설었다. 그렇다면 대체 언제부터, 어디서 배웠을까.
아니다. 그것보단 시작한 이유가 더욱 궁금했다. 그래도 나
름 모자람 없이 키웠다고 생각했는데.

"담배는 언제 끊게."

"몰라. 언젠간 끊겠지."

"금연 껌이나 은단 같은 것도 좋대. 아빠 회사 사람들도 많
이 쓴다더라."

"아직 젊어서 괜찮아."

오늘도 결국 자기 딸에게 두 손 두 발 들 수밖에 없었다.
미은은 깊은 한숨을 내쉰 뒤 소주잔을 집어 들고 한 잔만 따
라달라며 청했다. 딸이 그나마 좋아할 주제로 대화를 끌고
나가는 것이 좋다고 그녀는 생각했다.

"친구들 만나러도 안 올라올 거야? 집에 안 들러도 애들은
보고 싶지 않아?"

"굳이 만나야 친한 것도 아닌데 뭐 하러 꾸역꾸역 올라가."

"뭐 모르네. 몸 멀어지면 마음도 멀어지는 법인데. 시간 내

서라도 꾸준히 만나는 애들이 끝까지 남는 거야. 이렇게 너 생각 많이 해주는 애들 찾기 힘들다?"

"…."

방금보다 높이 따른 잔을 정아는 한 번에 들이켰다. 찰랑거리는 소주가 좁은 입안을 가득 메웠다. 평소보다 많은 양에 역함이 올라왔지만, 그녀는 꿋꿋이 삼켜냈다. 이빨 사이사이, 혀의 돌기 사이에 미처 넘어가지 못한 소주가 남아 안주와 함께 넘어가겠다고 고집을 부렸다. 그러나 간장 발린 광어 한점이 곧바로 들어오진 않았다. 정아는 잔을 내려놓고 차분한 눈빛으로 빈 잔을 지그시 응시했다.

미은은 딸의 모습이 낯설었다. 예전의 정아는 본인이 먼저 친구들 얘기를 엄마한테 얘기하곤 했다. 분명 서로 없으면 죽자던 식의 사이였는데, 어느 순간부터 딸은 자신에게 친구들의 얘기를 하지 않았다.

"애들이랑 싸웠어?"

정아의 고개가 좌우로 흔들렸다. 그녀의 입속에선 혀의 앞부분으로 침이 고이고 있었다. 아직 남은 소주 때문이었다.

"그럼, 애들이 괴롭혀?"

"아냐. 나이가 몇인데."

"근데 왜 그래."

"아무 일 없었어. 그냥 내가 내려와서 사니까 엄마 말대로 좀 멀어진 거지."

그제야 그녀의 젓가락이 다시 회를 들어 올렸다. 그녀는 조금 긴장이 빠진 살에 초장을 묻히곤 조심스레 입안에 밀어 넣었다.

"애들한테 연락도 해주고 그래. 애들도 너 걱정 엄청 많이 하더라."

"…알았어."

알겠다고 대답하는 정아의 모습이 영 시원찮았다. 미은은 마음 한구석에 남아있는 불편한 기색을 지우고 싶었다.

"안 되겠다."

"…?"

"밥 먹고 쇼핑 좀 하자. 서면역 밑에 잘 돼있던데."

"갑자기?"

"담에 애들 내려오면 손에 뭐 하나씩 쥐고 올려보내. 전번에 기껏 내려왔을 때 매 술만 마셨다며?"

"언제 내려올 줄 알고. 집에 놔두면 먼지 쌓여."

"그냥 오랜만에 친구들 생각하면서 엄마랑 걷잔 거지 뭐."

정아는 젓가락으로 회를 만지작거렸다. 더 이상 그녀도 배가 고프지 않았다. 젓가락의 결 사이로 검은색과 빨간색이 뒤섞여 스며들었다.

"다 먹었지? 일어나자."

정아는 조금 남은 술을 쳐다보았다. 그녀의 주량은 여기까지만 마시는 게 좋았다. 그러나 오늘따라 더욱 술을 남기는 게 아까웠다.

"한 잔만 더."

그녀는 자작으로 술을 따른 뒤 이젠 흐물흐물해진 광어 한 점을 빠르게 넘겼다. 테이블에 비닐 식탁보를 씌우던 직원이 미은의 경쾌한 목소리에 반응했다. 오랜만에 딸과 쇼핑하며 지하상가를 거닐 생각에 그녀는 들떠있었다. "저희 남은 거 좀 포장해 줘요."

"나 화장실 좀."

화장실은 정아의 보폭으론 조금 걸어야 도착했다. 곰팡이 냄새와 아스피린의 향이 한데 버무려진 화장실이 취기를 더욱 돌게 만들었다. 사실상 이미 만취 상태였다. 그럼에도 왜인지 더욱 술이 마시고 싶었고 분명 미은을 배웅하고 난 뒤, 집에 가서 남은 소주를 다 들이부을 작정이었다.

세면대 앞에서 그녀는 눈을 부릅떴다. 최소한 엄마 앞에서만큼은 주사를 부려선 안 되었다. 다른 건 몰라도 엄마를 걱정시키는 일은 피하고 싶었다. 왼팔에 그려진 십자가가 눈에 들어왔을 때 이미 그녀의 전완근은 전체적으로 벌겋게 달아올라 있었다. 분명 상태가 안 좋아지리란 확신이 들었지만, 그래도 괜찮다. 엄마도 안 예쁘다고 했으니까. 새로 더 예쁜 걸로 받으면 된다.

그녀는 휴지가 없어 촉촉하게 젖은 손을 털어내며 미은이 있는 곳으로 돌아갔다. 스티로폼 포장 용기 속에는 시들한

회 조각들이 담겨있었다. 해봤자 시원찮은 안주로 넘어갈 그것을 투명한 비닐에 담아 소중히 들고 있는 엄마를 보니 그녀는 왠지 모를 애틋함이 솟아올랐다.

🌢

　다시 지하철역까지 돌아가는 데에는 그리 오래 걸리지 않았다. 술에 취해서 그런 걸지도 몰랐으나 적어도 정아는 그리 멀게 느껴지지 않았다. 다만 미은의 다리가 그녀보다 짧았기에 '엄마한텐 조금 무리가 아닌가.'라는 생각이 머릿속에서 맴돌았다. 빨리 면허를 따고, 술도 덜 마셔야 할 텐데. 그렇다면 미은도 내려왔을 때 조금 편하게 다닐 수 있을 것이었다.
　둘의 옷에는 회 센터에서부터 비릿한 바다 내음이 묻어있었다. 정작 둘은 느끼지 못했으나 지하철역에 들어선 순간, 주변으로 확 퍼져나갔다. 어쩌면 미은이 들고 있는 회 때문일지도 모른단 생각에 정아는 물끄러미 엄마의 손에 잡혀있는 비닐봉지를 바라보다가 낚아채 갔다.
　"내가 들고 다닐게."
　"이제 와서?"
　"그냥. 내가 들고 싶어."
　비닐봉지에서 풍기던 냄새가 정아의 손으로 옮겨가자 조

금 사그라들었다. 그녀에게서 풍기는 술 냄새가 바다 냄새를 묻어버린 것이었다. 지하철에 타고 있는 사람들은 낮부터 술 냄새가 진득하게 나는 정아를 피해 다녔다. 그러나 미은만큼 은 다시 내리기까지 꿋꿋하게 그녀의 옆을 지키고 있었다.

지하철역의 상가는 열차 칸보다도 사람이 많았다. 서면역 에서 전포역까지 둘은 천천히 걸으며 대화를 나누고 있었다. 혼자였다면 얼마 걸리지 않을 거리였다. 그러나 머리끈이나 조그만 소품이 진열된 가게를 볼 때면 미은은 꼭 정아를 붙 잡고 들어가 보자며 재촉했다. 정아는 나이도 들었으면서 그 렇게 활기찬 엄마의 체력이 놀라웠다.

"엄마는 다리 안 아파? 힘들면 좀 쉬었다 가자. 앞에 백화 점 광장 있어."

"됐어. 너 집 빨리 보내고 엄마도 올라가야지."

빨리 올라가야 한다면서 아쉬워하는 기색이 역력했다. 말 은 친구들한테 주라며 이리저리 둘러보았지만, 사실 이왕 내 려온 거, 정아에게 사줄 게 없나 돌아다니고 있던 것이었다. 정아는 그 사실을 잘 알고 있었다. 누가 뭐래도 친구들보다 자기 딸을 아끼던 여자였으니까. 그런 엄마에게 그녀는 으레 맞춰주고 싶었다.

"꽃집 가자. 애들 오면 화분이나 하나씩 줘야겠다."

"꽃집이 있어?"

"몰라. 돌아다녀 봐야지."

약 100미터가량을 걸어서 둘은 조그만 꽃집을 찾을 수 있었다. 북적이는 시내와 달리 꽃집의 주변은 한적했다. "어서 오세요."

"어떤 걸로 사게?"

"선인장."

"키우다가 주려고?"

"응. 선인장이 좋아. 별로 신경 안 써도 건강하고, 물 며칠 깜빡해도 안 죽으니까."

정아는 선인장을 둘러보며 방 책상 위에 올려둔 화분을 떠올렸다. 마지막 물을 준 게 한 달쯤 전이니 슬슬 물을 줘야 할 때가 돌아오고 있었다. 햇볕도 잘 들지 않는 방에서 녀석은 물만 먹고도 용케 잘 자라주었다. 그런 선인장이 정아는 항상 고마웠다.

한동안, 어쩌면 그녀의 방에는 앞으로 쭉 화분이 세 개일지도 몰랐지만, 선인장도 혼자 있으면 외로울 게 분명했고 겨울을 나기 위해선 가시가 돋았을지라도 함께 붙어있는 게 좋았다. 옷을 입힐 수는 없으니.

"안 다치게 조심해서 키워. 가시 되게 뾰족하다."

"겉으로 봤을 때나 그렇지. 막상 만져보면 별로 안 아파. 가끔 쓰다듬으면 털처럼 부드럽다?"

"혹시 손에 박히면 어떡하려고."

"타투 바늘보단 안 아파."

이제껏 훨씬 크고 날카로운 바늘에 찔려본 딸이 선인장을 두려워할까, 걱정하는 건 웃긴 일이긴 했다. 동시에 미은에 겐 어쩔 수 없는 일이었다. 시집온 지 얼마 안 되었던 시절, 서툰 손재주로 옷을 깁고 있으면 그녀의 손에 피를 보게 만든 녀석은 대바늘이 아닌, 머리카락처럼 얇고 보잘것없는 바늘이었던 까닭이다. "이렇게 두 개 주세요."

꽃집엔 직원이 없었다. 사장 혼자서 수십 개의 화분과 수 송이의 꽃을 홀로 관리하는 모양이었다. 정아가 내밀려던 카드를 미은은 현금으로 막아섰다.

"이걸로 해줘요."

"내 친구들 선물인데 엄마가 왜 사."

"엄마가 샀다 해야 애들이 받아 가지."

순식간에 정아의 손엔 짐이 두 개로 늘어나 있었다. 불편하진 않았다. 대신 포장 회보다 화분 두 개가 조금 더 무거웠다. 그래도 정혜와 혜경이 좋아한다면 이 정도는 얼마든 들고 집까지 걸어갈 수 있었다.

"이제 들어가 엄마도 밤 되기 전에 집 가야지."

"괜찮은데? 아직 시간 많아."

정아는 왼손에 든 회 봉지를 흔들었다.

"이거 빨리 가서 넣어놓게. 집까진 혼자 가도 되니까 안 데려다줘도 돼."

지금 올라가면 한 달 동안 다시 못 볼 거란 생각이 미은을 머뭇거리게 했다. 다음에 내려왔을 땐 어떤 타투가 늘어났을지, 담배는 끊어야 할 텐데, 술도 좀 줄이고. 하고 싶은 말들을 알겠다는 한마디로 대신했다. 그녀는 회 센터에서부터 타고 왔던 열차의 반대편으로 걸음을 옮겼다. 정아는 크게 손을 흔들어 보이지 않았다. 들고 있는 짐이 많았으니까. 엄마 잘 가라는 말이 평소보다 미은의 귓가에 오래 남았다.

다시 혼자가 된 정아는 이제 마음껏 취한 티를 내어도 되겠다며 안심했다. 그녀는 바지 주머니에 슬쩍 넣어놓았던 담배를 꺼내 적당한 전봇대 옆에서 불을 붙였다. 몇 시간 동안 안 피우다가 다시 피우려니 머리가 핑 돌았지만 그건 취기 때문이기도 했다. 위에서 소화 중이던 광어와 간장, 고추냉이, 초장의 냄새가 뒤섞여 딸꾹질과 함께 조금씩 새어 나왔다.

그녀는 엄마와 걸었던 길로 되돌아갔다. 곧장 집으로 향하는 길은 아니었으나 조금 돌아가도 상관없었다. 천천히 거닐며 집에 필요한 게 무엇인지 떠올렸다. 소주, 섬유유연제, 물, 샴푸, 소주. 소주를 두 번이나 떠올릴 만큼 그녀는 다시 술이 고파졌다. 걷다가 조금 술이 깬 것인지, 담배로 한 번 취기를 끌어올려 승화시켰기 때문인지, 얼른 집으로 돌아가 남은 회와 함께 오늘의 술자리를 마무리할 생각이었다.

갑작스레 정아의 입에서 휘파람이 나왔다. 부르고 싶었던 건지는 몰라도 거리에서 울려 퍼지는 유행 가요의 멜로디를 따라 그녀는 흥겹게 흥얼거렸다. 목소리는 내지 않았다. 한

가게에서 나오던 노래가 멀어지면 잠시 멈추고, 다른 가게의 노래를 처음부터 다시 부르기 시작했다.

그녀는 친구들과 함께 홍대 거리를 돌아다니던 때를 기억했다. 이맘때면 서로 학교에서 쓸 담요를 골라주러 잡화점을 돌아다녔다. 만 원짜리 담요를 하나씩 사고 근처 노래방으로 자리를 옮겨 살포시 무릎을 덮은 뒤 올라가지도 않던 목소리를 뽑아내며 부르던 때가 정아는 갑자기 생각난 것이었다. 그러나 셋 중에서도 정아의 노래 실력은 정혜와 혜경을 제외한 또래 사이에서 인정받을 만큼 좋았다.

"넌 그림보다 노래했으면 진짜 잘됐겠다."

"그니까. 왜 미술 했어!"

노래방에 갈 때마다 두 사람은 정아를 치켜올렸다. 겉치레로 해주는 말은 아니었다. 그럴 때면 정아는 대충 얼버무렸다. 차마 친구들이랑 있는 게 좋다는 말은 낯부끄러워서 꺼내지 못했다. 그래도 두 사람은 정아가 말을 하지 않아서 그렇지, 그녀의 속마음을 얼추 알고 있었다.

저녁때가 되면 세 여자는 자주 정아의 집에 놀러 갔고 정아는 친구들이 집에 오는 게 좋았다. 정말 좋았다. 혼자 방에서 핸드폰이나 만지작거리기보단 친구들과 대화를 나누는 게 그때 정아의 성격엔 맞았다.

다른 학생들이 한창 수능으로 바쁘던 해의 봄, 세 사람은 아랑곳하지 않고 놀러 다녔다. 공부를 놓은 건 아니었으나 그래도 즐길 땐 즐기며 살자던 세 명의 정신은 통하는 구석이 있었다. 하루에 정혜는 술도 슬슬 알아야 한다며 집에 있던 캔맥주를 허락 맡고 가져왔다. 공원에 다 같이 앉아 우정이든 뭐든 어떤 것의 끝을 달리던 세 사람은 입꼬리를 내릴 줄 몰랐다.

◉

이제 돌아보면 여전히 좋은 애들이라며 정아는 몇 번이고 실실 웃으며 되뇌었다. 그녀의 왼손은 어느덧 무거워져 있었다. 언제 샀는지도 모를 소주 두 병을 든 채. 오늘 다 마실 생각은 아니었다. 한 병은 확실히 먹겠지만 두 병까지 될지는 미지수였다. 이제 선인장을 두 개나 들고 있는 오른손보다 왼손이 더 부담스러웠다. 손에 힘을 줘서인지 벌겋게 달아오른 전완근이 더욱 타오르는 듯했다. 자칫 술기운에 떨어뜨리지 않도록 왼손에 힘을 꽉 준 채 들고 갔으나 정작 힘이 더들어가 있던 쪽은 오른손이었다. 방금 산 소주 두 병보다도 화분은 결코 떨어뜨려선 안 된다는 문장이 정아의 머릿속에 뭉게뭉게 피어났다. 친구는 소중하니까. 친구들의 선물도 당연지사로 소중했다.

그렇기에 학교에서 그녀의 담요를 장난으로 뺏어갈 때도 정아는 배시시 웃고 있었다. 정혜가 실수로 고데기를 펴주다

태워 먹었을 때도, 혜경이 복도 앞에서 기다리다 깜짝 놀라게 했을 때도, 그들이 호준은 그녀의 두 번째 아빠라는 주제로 대화하던 걸 얼핏 엿들었을 때도 괜찮았다. 아니, 사실 그녀는 듣지 않았다. 그런 말을 들은 적이 없었다.

그녀는 반으로 돌아가 평소처럼 맑게 웃으며 두 친구를 반겼고 고막에서 피어오른 질문은 무시했다. 분명, 그녀는 괜찮았다.

♦

집으로 돌아온 정아는 들고 온 짐을 냉장고에 넣지 않았다. 곧바로 뚜껑을 딴 뒤 거창하게 부스럭거리는 소리를 내며 회를 꺼냈다. 광어시체는 이제 힘이 없었다. 흐물흐물하고 너덜거리는 살 한 점을 플라스틱 종지 속 간장에 찍었다. 고추냉이는 풀지 않았다. 그녀는 딱 한 잔을 마신 뒤 현관 앞에 놓아둔 선인장을 조심스레 들고 왔다. 원래 있던 화분을 조금 밀어낸 뒤 두 선인장을 좌우에 놓고는 물끄러미 바라보았다. 열심히 보살핀 것은 아니었으나 기존에 키우던 선인장이 훨씬 컸고 가시도 더 자라있었다. 혹시 원래 선인장이 새로 데려온 친구들을 찌를까, 그녀는 세 화분을 조금씩 떨어뜨려 놓았다. 다시 자리에 앉았을 때, 그녀는 엄마가 모처럼 사준 안주도, 술도, 더 이상 먹고 싶지 않았다.

주차금지

"사천팔백 원입니다."

카드를 꺼낸 건후의 지갑엔 얼마 전 추석 용돈으로 받았던 지폐를 모두 계좌에 넣은 까닭으로 현금 수납용 공간이 텅텅 빈 상태였다. 그는 물끄러미 오만 원 석 장이 있던 자리를 쳐다보며 지금 계좌에 돈이 얼마나 남았는지 골똘히 생각했다. 카페에 쓰고, 밥 먹고, 책 사고, 술 마셨고, 담배 사고, 다시 밥 먹고, 커피, 술, 담배….

카드 리더기의 결제 완료 음성을 듣기 전까지 어색한 침묵이 흐르는 시간이 싫었던 그는 시선을 이리저리 굴렸다. 새로 나온 담배에서 눈 걸음이 멈췄을 때 타르가 삼 미리, 포장만 봐선 멘솔 담배였을 테다.

　비염에 걸린 듯해 황사 마스크를 쓰고 있던 직원은 건후의 회색 카드를 약간이라는 말보다 살짝 덜 거칠게 리더기에서 뽑았다. 젓가락이 필요하냐는 질문에 건후는 괜찮다고 말했고 대답을 들은 직원은 재빨리 자리에 앉아 방금 보던 영상의 재생 버튼을 눌렀다.

　워 아이 니, 씨에씨에, 부크어 치. 건후는 약간의 중국어를 알고 있었다. 귀도 열려있어서 간단한 일상 대화 정도는 간단하게 스피킹도 가능했다. 예전에 자기도 저 강사의 영상을 본 적이 있던 그는 주섬주섬 물건을 챙기며 얼핏 훔쳐 들었다. 그리고 속으로 다음에 올 말을 생각하며 혼자 대화를 이어나갔다. 세 문장을 생각하고 나서 혼자만의 생각은 멈췄다. 배워서 알고 있는 말의 한계는 거기까지였다.

　가방엔 컵라면, 김밥이 담겼고 그는 왼쪽 주머니 안에서 뒹굴던 블루투스 이어폰을 찾느라 애를 먹고 있었다. 겨우 찾아낸 이어폰 알맹이의 겉에는 담뱃잎이 묻어있어 그걸 떼내느라 어색한 시간을 조금 더 보내야 했다. 다 털어낸 이어폰을 귀에 꽂고 나선 그는 플레이리스트를 뒤적거리다 들을 노래가 없다고 생각했다.

　한 노래에 꽂히면 그것만 듣다가 이틀 지나면 그저 그런 노래 중 하나가 되어버리는 그의 플레이리스트에는 벌써 천 곡이 넘게 들어있었다. 결국 애써 찾은 이어폰을 다시 가지런히 주머니에 집어넣고 파란색 갑에서 담배를 꺼내 피우기 시작했다.

'담배도 그만 피워야 하는데.'

항상 다짐했지만, 빈번히 실패했던 스스로와의 약속이었고 이제는 안 될 걸 알면서도 그냥 속으로 한 번 다시 외쳐보자는 식이었다. 그 와중에 입술 앞에선 담배가 타들어 가며 타닥거리는 소리를 내고 있었다.

'이 소리를 어떻게 끊어.'

소리가 매력적이기 때문에 못 끊는다는 말은 이제껏 생각해 본 적이 없던 핑계였기에 그는 공책을 꺼내 방금 귓속에 스친 말을 이리저리 꾸며내 끄적였다. 항상 이렇게 혼자 중얼거리고 멋지다고 생각한 말이 있으면 볼펜을 꺼내 적었던 공책에는 쓰다만 소설, 수필, 대본과 간혹 술 먹고 언제 적었는지도 모를 문장들이 뒤엉켜 있었다.

군 복무 시절, 후임이 권한 소설 한 권이 제 삶을 흔들어 놓았다 해도 그는 자기 선택에 한 번의 후회를(확인필요 - '한 번의'를 '한 번도'로 혹은 '후회를'을 '후회도'로 두 단어 중 하나를 변경하는 것은 어떨지 건의드립니다) 한 적이 없었다. 경영학과에서 국문학과로 옮겼다고 집에 통보했을 때, 그의 어머니가 아무 말도 하지 않고 밥을 차려주었던 탓이다.

태호는 거의 3시간에 걸쳐 그를 설득했다. 그 시장이 얼마나 어려운지 아느냐부터 너는 가난하게 살게 될 거라는 말까지 해가며 똑같은 주제로 문장을 바꿔가며 건후를 경영학과로 돌려놓고 싶어 했다. 아버지의 말에 자길 한번 믿어 보라며 절대 실망시키지 않겠다는 말로 3시간 내내 응수했던 그는 마침내 승리의 한숨을 얻어냈을 때, 떫은 웃음을 지을 수 있었다.

끝에 가까워진 담배를 검지로 털어 꺼버리고 빈 깡통에 던져 넣은 그는 술이 당기기 시작했다. 다시 들어가 발포주 두 캔을 사 방금 산 컵라면에 마시면 잠도 잘 올 듯했던 그는 기네스나 호가든 같은 해외 맥주가 좋았지만, 그런 건 편의점에서 사면 가격이 꽤 나가는 술이었다. 마실까 말까 고민하던 머릿속에 여자친구와의 약속이 스치자 그는 이내 마음을 접었다. 곧 만난 지 사 년이 되는 애인이 있었던 그는 작년에 아무것도 해주지 못해 이번엔 꼭 변변찮은 데이트라도 대접하고 싶었던 나머지 게 안 먹은 지가 오래됐다는 그녀의 말에 데려가 주겠다고 한 상태였다. 그녀는 반쯤 농담으로 알겠다고 대답했으나, 그는 진심으로 게를 대접하고 싶었고 주머니 속에서 꺼내려던 지갑을 다시 집어넣은 뒤, 벤치에 올려둔 가방을 든 채 다시 집으로 발걸음을 옮겼다.

시내의 아트박스를 돌아보던 미효는 문구류 진열대에서 발길이 멈췄다. '역시 글 쓰는 사람한텐 공책이려나.' 그녀는 건후가 자신에게 줬던 공책과 최대한 비슷한 게 없는지 이리저리 살폈다. 일 년째 둘이 만나던 날, 건후는 직접 손으로 쓴 시집을 선물했던 적이 있었으며 70페이지도 안 되던 너덜너덜한 공책에 그녀는 안 그래도 없는 눈물을 밤새 쏟아냈다. 남자친구가 쓴 글은 맞춤법도 안 맞고 글씨는 삐뚤어져 있어 읽기 불편했지만, 덕분에 그녀는 카페의 휴지를 거덜 낼 뻔했다. 간신히 숨을 고르고 같이 영화를 볼 때도 그녀는 왼손으론 애인의 손을 잡은 채 다른 한쪽으론 가방에 들어있는 시집을 만지작거렸다.

마지막으로 그가 써준 손편지의 문법이 훨씬 가다듬어진 걸 보고 배시시 웃었지만, 그녀는 여전히 이전에 받았던 자필 시집이 더 좋았다. 줄 간격이 그렇게 좁지 않은 공책을 집어 들고 그의 글씨체를 넣어보는 것으로 시험을 마친 그녀는 결제까지 빠르게 끝냈다. 다음날 출근만 아니었으면 집으로 찾아가 산책이라도 했을 테지만 그녀는 그러지 않았다. 지금쯤 창작에 몰두하고 있을 그를 방해하고 싶지 않았던 데다 얼마 전 쓰고 있던 소설을 때려치우고 새 이야기를 시작했다고 말했다. 언제나 처음 쓰기 시작했을 때가 자기가

모르는 고통이 제일 심하단 사실을 그녀는 알고 있었다. '괜히 방해하지 말자.'

집으로 돌아가기에 무엇인가 아쉬웠던 나머지 도롯가에 있는 서점을 잠시 들르기로 했다. 딱지가 떼일 수도 있지만, 잠깐은 괜찮겠단 생각으로 갓길에 주차를 마친 그녀는 서둘러 서점 안으로 들어갔다. 추석을 지낸 바람이 매서웠고 티셔츠와 속옷 사이로 부드럽게 파고드는 바람에 그녀의 팔에는 오돌토돌한 소름이 돋았다. '앞으론 겉옷이라도 챙겨 나와야지. 건후는 안 추우려나.'

방금 집에 들어갔단 연락을 받았지만 그래도 걱정이 앞섰다. 그는 작년도 이때쯤 괜찮다며 반 팔 티셔츠로만 돌아다니다 때 이른 감기에 걸렸던 적이 있었고 그때 미효는 죽을 배달시켜 주었다. 전복이 송송 들어가 입에 조금 떠넣을 때마다 쫄깃한 식감이 느껴지는 죽을 선물 받은 그는 어차피 2주 지나면 낫는다며 괜히 돈 쓰지 말라고 했지만, 그런 부분에서 미효는 고분고분했던 적이 없는 여자였다.

그녀는 서점을 한 바퀴, 둘러본 뒤 시집 한 권을 집어 들었다. 하단에 띠지가 둘려있는 책의 중간을 펼친 뒤, 쭉 읽어 내려가던 그녀의 눈이 한 문장에서 멈췄다.

'...'

흡족해진 그녀는 계산대로 책을 가져갔다. 그 책을 잘 알지 못했지만 분명 자신의 애인이 몇 번 언급한 적이 있는, 자신도 몇 번 들어봤을 법한 작가의 책이었다. 카드 리더기의 결제 음성이 들리기 전, 이번엔 진열대의 책갈피가 그녀의 시야에 들어왔다. 나무로 만든 책갈피와 금속 재질의 책갈피 사이에서 고민하던 그녀는 아기 천사 모양으로 구멍이 뚫린 책갈피를 하나 집어 들었다. "이것도 계산해 주세요." 한편 직원은 살짝 당황한 모습이었다.

"왜요? 뭐가 안 돼요?"

"지금 리더기가 안 된다고 떠요. 방금까진 됐는데… 죄송하지만, 현금결제 가능하실까요?"

핸드백에서 지갑을 꺼냈을 때, 부모님께 추석 용돈으로 현금을 모두 드렸다는 걸 기억해 냈다.

"다음에 와서 살게요."

직원은 자기가 다시 꽂아놓겠다고 했으나 그녀는 괜찮다며 책을 원래 있던 자리로 돌려놓았다. 아직 기념일까진 삼 일이 더 남아있었기에 괜찮았다. 그녀는 다시 밖으로 나가기 전, 마음의 준비를 단단히 마친 뒤 재빨리 차로 돌아갔다. 차 문을 열고 운전석에 탄 그녀는 안전벨트를 두르고 나서야 앞 유리에 붙은 주차 딱지를 볼 수 있었다. '아… 그새 붙었네.'

그녀는 견인 안 당한 게 다행이라며 기운을 냈다. 만약 엄마나 아빠가 봤다면 혼이 났을 테지만, 회사생활을 시작한 후로 혼자 살고 있는 그녀를 혼낼 사람은 없었다.

대로의 2차선을 따라 달리던 그녀는 갑자기 노래방에 가고 싶어졌다. 아쉬운 대로 차의 블루투스를 연결해 자주 노래방에서 불렀던 곡을 틀자 자연스레 노래를 따라 흥얼거리던 미효는 최근 단둘이 노래방 가는 일도 없었으니 다음 데이트 때는 꼭 노래방에 가야겠다고 생각했다.

♦

이른 아침을 먹던 건후는 무언의 압박을 고스란히 맞았다. 원래였으면 먹지 않았을 테지만 그를 자리에 앉힌 사람은 태호였다. 맞은 편에 앉은 태호의 태도는 집안의 공기를 내리깔았다. 바닥에 음습하게 가라앉은 냉기가 집 안, 가득 풍기던 음식 냄새를 식혔다. 제 밥그릇만을 빠르게 비우고 자리에서 일어나려던 건후의 발걸음을 글은 잘 쓰고 있냐는 태호의 한마디가 붙잡았다.

"잘 쓰고 있어."

"아닌 거 같으면 지금이라도 그만둬. 아직 20대잖아. 학교가 다니기 싫은 거야? 아빠 일하는 데에서 좀 배우든가. 글은 다른 일 하면서도 쓸 수 있잖아."

"그래도 조금만 더 해보고…."

더 이상 아들의 말은 태호의 귓가에 들어가지 않았다. 그는 창창한 미래를 가족과 아무런 상의도 없이 날려버린 아들이 미웠다. 더 이상 아들을 이해하지도, 이해하고 싶은 마음도 그에겐 존재하지 않았다. 나라에 돈이 없을 때도, 악착같이 돈을 모았으며 일궈놓은 인생의 마지막 열매는 건후가 재배됨으로 끝을 다하기로 약속되어 있었다. 왜 하필 소설가냐. 예술이 하고 싶다면 차라리 음악, 꼭 글이어야 한다면 나이가 차고 나서도 나쁘지 않을 텐데, 왜 소설이어야만 하는지. 왜 지금 해야 한다는 건지. 이해되지 않는 것은 받아들이며 살아왔지만, 사랑하는 아들이라도 이번 문제는 쉽게 넘길 수 없는 것이었다.

"삼 년."

"…?"

"삼 년 안에 어느 공모전이든 입상해서 가져와."

"학교 과제도 아니고 무슨 기한을 정해….."

"그 정도면 많이 준 거야. 아빠가 모를 거 같아?"

그의 말은 근거가 있었기에 더욱 자신감이 넘쳤고 완고했다. 대학교 시절, 글 좀 쓴다고 했던 동기들이 어떻게 됐는지도 잘 알고 있었다.

몇 명은 3학년이 넘어가자 포기했고 두 명은 지금 어떻게 사는지도 모른다. 그중에 어느 정도 팔렸던 놈이라야 고작 한 명으로 끝이었다. 그마저도 요즘은 소식이 감감한 걸 보니 건후가 그들과 같은 길을 간다는 말은 태호의 인생에 사형선고를 내리는 것과 다름없었다.

어차피 내 입에 거미줄 치는 거라고 말하려던 건후는 간신히 목덜미까지 끓어오른 말을 삼켰다. 대신해서 입 밖으로 나온 말은 일단 해보겠다는 말이었다.

가방을 챙긴 뒤, 도망치듯 집을 빠져나온 그는 학교에 가는 척했지만, 집에서 멀리 떨어진 카페를 향하고 있었다. 어느 순간부터 학교는 제적만 당하지 않을 정도의 기본 점수만 맞추며 다니고 있던 그는 어차피 전공 수업도 아니란 생각에 하루 종일 카페에 앉아있을 생각이었다. 자리에 앉아 노트북을 열고 곧바로 주문을 위해 계산대 앞으로 다가간 그는 달달한 게 먹고 싶었다. 라떼는 오백 원이 더 비쌌고 시럽이 들어가야 한다면 천 원이었다.

"아메리카노 주세요. 아이스로요."

카드를 내민 손이 조금 떨렸다. 글을 쓰겠다고 한 이후로, 태호가 용돈을 주지 않았기에 간간이 들어오는 수입은 어머니가 몰래 넣어주는 돈과 가끔 친구 대타로 일하는 서빙 아르바이트가 전부였다. 커피 원두가 갈려나가는 소릴 들으며 그는 지금까지 얼마나 썼는지 되뇌었다. 그러나 정작 더 그의 신경을 갉아내는 것은 얼마 전에 응모한 공모전이었다. 대상까진 바라지도 않았으나 입상만 한다면 이번 데이트 때는 확실히 한턱 쏠 수 있을 만큼 규모가 있었다.

그러면서 눈앞의 까만 에스프레소가 생수에 섞이는 모습에, 그는 괜스레 기분이 좋았다. 커피란 그에게 담배와 더불어 글을 쓸 때면 가장 좋은 친구였다. 때론 미효의 응원보다 더. 방금의 생각은 빠르게 잊어버리는 게 좋다.

이제는 정말 글을 써야 했지만 방금까지 들떠있던 몸은 노트북 앞으로 다가갈 때마다 다시 무거워졌다. 결국 자리에 커피를 두고 그는 다시 담배를 피우러 나가고 말았다. 언젠가부터 그는 자기 글을 보는 게 무서웠고 그의 노트북엔 쓰다 만 글이 수두룩했으며 공책을 열어도 깨작깨작 적힌 몇 문장이 고작이었다. 예전에 미효한테 주려고 쓸 때는 이렇지 않았는데.

담배 연기가 갈빗대 뒤쪽을 아프게 눌렀다. 처음엔 하루에 반 갑 정도면 충분했는데, 지금은 거기에 한 갑을 더 해도 모자란 날이 있었다. 미효는 그런 건후를 걱정했다. 결혼하면 꼭 끊겠다는 약속을 한 뒤부터 그는 니코틴의 자유를 눈치 보지 않고 즐기고 있었다.

자리에 앉아 커피를 한 모금 쭉 넘긴 그는 카페에 들어온 지 30분이 지났음에도 또다시 난관에 부딪히고 말았다. 어제까지 썼던 글이 오늘 다시 보니 영 별로였던 것이다. 먼저 가장 마음에 안 드는 한 줄을 지웠다. 그 전 문장도 지우고 그렇게 지우고 나니 문단 자체를 새로 써야 했다. 나중에 가서는 어제 썼던 글이 하나도 남지 않았다. 오히려 그 전날의 글도 마음에 안 들기 시작했다.

위험하다고 느낀 그는 서둘러 작업 창을 닫고 다시 담배를 피우러 나갔다. '생각이 복잡해서 그래.'

주머니를 뒤적거리던 그는 서둘러 나오느라 블루투스 이어폰을 갖고 나오는 걸 까먹었단 사실을 알아챘다. 어쩜 좋단 말인가. 노래가 없으면 글을 쓰기가 두 배는 싫어졌다. 만약 태호가 아침부터 나무라지 않았다면 여유롭게 챙겨서 나왔을 텐데.

그러나 멈출 수 없다는 걸 알고 있었다. 그는 한번 크게 심호흡을 한 뒤 천천히 다시 써 내려가기 시작했다. 막상 쓰기 시작하니 한 페이지, 두 페이지씩 늘어갔다. 아직 서투른 문장이 많았으나 그건 나중에 고치면 된단 생각으로 머릿속에 떠오르는 생각을 고스란히 흰 바탕에 욱여넣었다. 어느덧 카페에 온 지 4시간이 지나자 그의 주문을 받았던 직원은 이미 퇴근하고 없었다.

그동안 담배를 9개비 피웠고. 커피는 4분의 1 정도 남았으며 여자친구의 카톡이 열 개 쌓여있었다. 30분마다 하나씩 응원의 메시지를 보내놓는 그녀가 고마웠다. 반드시 좋은 작가가 되겠다고 약속한 그는 여자친구의 카톡을 보며 마음을 가다듬었다.

다시 손이 키보드에 올라간 순간, 미효의 카톡이 하나 더 도착했다.

"어디야?"

"○○."

"친구 데리고 가도 돼?"

"일 마쳤어?"

"아니, 잠깐 점심시간."

"보고 싶어."

"데려와."

　여자친구의 지인을 볼 때마다 그는 조금씩 긴장했다. 그들은 아무 말도 하지 않았으나 어느 학과, 어떤 일이라는 주제는 처음 보는 사람의 대화에 빼놓을 수가 없었다. 그런 단어가 대화에 끼어들면 그는 자신도 모르게 주눅이 들었다. 자신의 애인에게 말하진 않았으나 나중엔 그런 만남을 불편해한다는 걸 미효도 눈치챌 정도였다. 요즘은 만나는 일이 잘 없었는데, 갑자기 데려온다는 말에 그는 적잖이 당황한 것이다. 마지막 답을 끝으로 15분 뒤에 문이 열렸고 한쪽 손에 차 키를 든 모습을 보니 근처에 주차한 듯한 그녀가 들어오고 있었다. 그는 모른 척하며 넌지시 물었다. "뭐 타고 왔어?"
　"차 타고 왔지."
　"어제 딱지 떼였다며. 괜찮아?"
　"안 그래도 불안해서 오늘은 주차장에 댔어. 엄청 비싸더라. 무슨 30분에 천오백 원이야."
　그녀는 자연스레 건후의 옆으로 가서 앉았다. 여자친구가 조금 편하게 앉을 수 있도록 그는 가방을 옮겼다.

천오백 원, 1시간에 삼천 원, 카페에 4시간 동안 있을 수 있는 돈이었다. 문득 그는 자기가 너무 오랫동안 자리를 차지하는 게 아닌가 싶었으나 이런 것은 쓸데없는 생각이라며 같이 온 사람에 집중하는 편이 낫다고 생각했다. 그 앞의 남자는 이제껏 만나본 적 없는 사람이었다. 낯선 사람을 별로 좋아하지 않는다는 걸 알면서도 데려온 데는 이유가 있을 텐데. 먼저 악수를 건넨 상대는 고사리 같은 손을 가진 남자였다.

"얘기 많이 들었어요."

"제 얘기를요?"

"글 쓰시는 분이라고."

"아… 네."

그녀가 언제 자신의 얘기를 한 건지 남자친구로서는 알 턱이 없었으나, 그보다도 궁금했던 것은 어쩌다가 이런 좋은 손을 가진 남자와 알게 됐는지였다.

"성함이…."

"아! 효석입니다. 이. 효. 석이요."

"미효는 어떻게 아셨어요?"

"대학교 후배였어요. 아- 말 편하게 하셔도 돼요. 저보다 나이 많으시다고 들었습니다."

언제 나이까지 알려준 건지. 잠시 침묵이 흐르고 마침 진동벨이 울리자 효석은 기다렸다는 듯 자기가 다녀오겠다 말하곤 재빨리 내려갔다. 다른 사람이 자리에서 일어나기도 전에 시끄럽게 떨리는 진동벨을 들고. 미효는 멋쩍은 웃음을 지었다.

"쟤도 글 쓰던 애야. 그래서 데려왔어."

"...?"

"학교 다닐 때 상 좀 탔다고 하더라. 월간지에도 한 번 실린 적 있대. 혹시 얘기 나누면 좋을까 싶어서."

"지금도 써서?"

"아니. 회사 다녀. 왜 그만뒀냐니까 재능이 없어서래."

학교 다닐 때 상 좀 탔다면 재능이 없다는 말은 틀린 말이었다. 그보단 모자랐다는 말이 맞았다. 이름을 들어본 적은 없지만 그 정도면 충분히 밀고 나갔어도 좋았을 것이다.

효석은 커피 두 잔이 쏟아질까 조심스레 들고 와 살포시 테이블 위에 올려놓았다. 수전증이 조금 있는 듯했던 그는 빨대를 한 개만 들고 왔는데 척 보니 잔에 직접 입을 대고 마시는 걸 선호하는 사람이었다. "여기도 종이 빨대네." 포장지를 뜯으며 중얼거리는 여자친구 덕에 건후는 어떤 말로 대화를 시작할지 정할 수 있었다.

"효석 씨는 빨대 안 쓰세요?"

"네. 종이 빨대는 안 씁니다. 플라스틱 빨대면 상관없어요."

"왜요?"

"종이는 우그러지거든요. 어릴 때 글 쓴다고 카페에 하루

종일 앉아있었는데 몇 시간 지나니 흐물흐물해져서 그때부터 그냥 입에 대고 마셔요."

그의 말을 듣자니 건후는 자기 잔을 쳐다보게 됐다. 어느샌가 자신도 축축하게 젖은 종이 빨대를 빼고 입으로만 마시고 있었다. 효석은 대화가 끊어지지 않도록 좀 더 젊었을 때의 얘기를 이어나갔다.

"학생 땐 돈이 없잖아요. 하나 더 마실까 해도 부담스럽고, 그래서 한 잔으로 몇 시간씩 사장님 눈치 봐가며 앉아있었죠."

"글은 이제 안 쓰신다고….”

정작 당사자는 씁쓸한 웃음을 지었으나 기분이 나빠 보이진 않았다. 괜한 얘기를 꺼낸 게 아닌가 싶었던 건후의 마음을 효석이 빠르게 눈치챘기에 스스로 표정의 밝기를 조금 올렸다. 건후는 그런 그가 떨떠름하게 고마웠다.

"학교 다닐 때 상 좀 받긴 했죠. 재밌었어요. 쑥스럽지만 잘 쓰기도 했고."

효석은 커피를 한 모금 넘겼다.

"근데 어느 순간부터 안 써지더라고요. 군대 갔다 오고 나서부터. 예전엔 참가상이라도 받았는데 이젠 응모하는 족족 다 떨어지고, 하필 집안 사정도 안 좋아져서. 지금은 그냥 한때 그랬다 정도인 거 같아요."

건후는 입에서 나오려는 말을 참았다. 침묵이 다시 공기를 휘감았고 그동안 미효는 분위기를 환기하려 애썼다. 평소에 그가 좋아했던 농담도 쳐보고 효석의 과거도 멋있다고 해주는 노력을 기울였지만 잘되지는 않았다. 건후는 여자친구의 노고를 알고 있었지만 맞춰줄 생각은 어째서인지 들지 않았다. 자신까지 가담하면 효석도 맞춰줬을 테지만 그는 왜인지 그러고 싶지 않았다. 효석은 그를 보며 몰래 입꼬리를 올렸다.

"슬슬 들어가 봐야겠어요. 안 나와주셔도 됩니다."

"아- 네. 만나서 반가웠어요. 다음에 또 만나죠."

의례적인 말로 두 남자가 만남을 끝내자 미효는 맞은편으로 자리를 옮겼다. 그녀는 애인에게 미안해하고 있었다. 자기가 괜히 다른 사람을 데려왔나 묻는 것도 이상했다. 차라리 새 얘기를 시작하는 게 좋으리라고 생각했다.

"글은 잘 써져?"

"뭐 그냥 똑같지. 미안. 담배, 많이 피웠어."

"응. 냄새 많이 나더라. 괜찮아."

그녀가 불편해한단 걸 건후 역시 알고 있었다. 이럴 때면 그의 애인은 목소리가 기어들어 갔다. 평소였다면 쩌렁쩌렁한 목소리로 조금은 줄여보자고 했을 테지만 그러지 않았기에 그는 더욱 확신할 수 있었다. 그녀가 어째서 자신에게 사과하는지는 이해할 수 없었다. 그는 사과해야 할 사람이 오히려 받는 상황을 별로 좋아하지 않는 남자였다.

"앞으론 좀 줄여보려고. 담뱃값도 많이 올랐으니까."

영혼 없는 말에 그녀의 표정은 조금 밝아졌다. 뺨에 생기가 돌자 그는 여전히 자신에겐 아까운 얼굴이라며 속으로 되뇌었다. 미효는 그제야 본격적인 얘기를 꺼냈다.

"괜히 데려왔지?"

"아니야. 좋았어."

"이것저것 물어보면 좋겠다 싶어서…."

"괜찮아. 궁금한 건 검색하면 나오니까. 착해 보이더라."

건후의 손가락은 티슈 조각을 조용히 찢었다. 그러면서 덤덤하게 말을 이어갔다.

"나 그렇게 많이 안 챙겨줘도 돼."

그는 말을 내뱉고는 아차-하고 곧바로 여자친구의 표정을 살폈다. 애인의 얼굴은 무표정했고 커피를 넘기고 있었다. 다른 사람이면 몰라도 건후는 그게 무엇을 의미하는지 알았다.

"왜 그렇게 말해."

"응?"

"…아니야."

그녀는 먹던 커피를 내려놓았다.

"다시 가봐야 해. 연락할게."

건후는 얼추 짐을 챙겼다. 핸드폰, 지갑, 담배, 라이터. 청바지의 작은 주머니에 순서대로 모두 넣자, 미효는 나오지 말라며 말렸다.

"안 나와도 돼. 좀 멀리 주차했어."

"앞까지만."

"괜찮아."

그녀의 입에서 나온 문장이 그에겐 너무나 날카로웠다. 몇 번이고 들었지만 이런 식의 괜찮다는 말엔 날이 살아있었다. 그러나 그것은 누군가를 겨냥한 것이 아니라 더 이상 다가오면 스스로 그어버리겠다는 협박에 가까운 문장이었다. 마침내 그는 두 손 들고 자리에 앉았다.

그녀가 시야에서 사라진 뒤, 그는 주머니에 집어넣었던 담배를 다시 꺼냈다. 조금 빠져나와 주머니 속을 굴러다니던 담뱃재가 손가락에 묻어나왔다. 카페 앞에서 불을 붙이고 생각에 빠졌을 때, 아마 오늘은 더 이상 글을 쓰지 못할 거란 직감이 강하게 들었다.

그가 모르는 새, 손가락에 닿을 정도로 불길이 가까워지자 피우던 담배를 손에서 놓치고 말았다. 2개비를 피울 생각이었지만 텁텁한 맛이 혓바닥을 거칠게 감돌고 있었다. 그는 남은 커피를 입안에 털어 넣은 뒤 주섬주섬 짐을 챙기고는 나오기 전, 오늘의 마지막이란 생각으로 애인에게 카톡을 보냈다. "나도 이제 나가."

할 수 있는 건 다 했다는 생각이었다. 돌아가는 버스에 올라 카드를 찍자 벌써 교통비에 삼만 원이나 썼다는 사실을 깨달았다. 후불교통카드의 단점은 자기가 얼마나 탔는지 알 정도면 이미 적은 금액이 아니란 것이었다.

자리에 앉자마자 일주일 동안의 점심 메뉴를 정하기 시작했고 그중 오천 원이 넘어가는 메뉴는 하나도 없었다. 술은 가지 수에 들어가지도 못했다. 그래도 중간에 미효에게 게를 먹일 수 있었다.

어머니가 다음 용돈을 언제 넣어줄 진 알 수 없으나 게를 사주기로 한 약속만은 지켜야 했다.

�──

그녀는 돌아가면서 노래를 듣지 않았다. 자동차의 블루투스 스피커에서 자동 재생되고 있었으나 가사가 나오기 전에 곧바로 꺼버린 것이었다. 머릿속은 잔뜩 복잡해져 있었고 여기서 노래 가사까지 끼어들었다간 뒤죽박죽이 되어버릴지도 모를 일이었다. 올바른 정신을 유지하기 위해서라도 노래를 잠시 꺼두는 건 현명했다.

남자친구를 좋아하는 건 변하지 않았으나 한편으로 자신의 애인에게 이렇게 화가 난 적이 없었다. 안 챙겨줘도 된다니, 어떻게 그런 말을 할 수 있는 건지. 지난 삼 년 동안 항상 그를 챙겨왔다. 이제 와 그럴 바에 처음부터 그렇게 말했어야지. 그녀는 항상 남자친구를 생각하고 챙기는 일이 좋았으며 앞으로도 그럴 것이었다. 오늘 건후가 그녀의 행동에 조금의 고마움만 표했어도 이렇게까지 화나진 않았을 것이다.

그녀는 기분이 안 좋을 때면 항상 애인을 찾았다. 그녀가 그에게 바랐던 것은 돈도 아니었고 사랑한다는 말도 아니었다. 자기 얘기를 들어주고 쪼여오는 회사생활에 숨 쉴 틈만 만들어 준다면 그녀는 그가 돈을 못 벌어와도, 자신을 더 이상 사랑하지 않는다 해도 딱히 상관없었다. 게 같은 건 바라지도 않았다. 다만 이런 날에 어깨를 잠시 내어주기만 한다면, 그것으로 충분했을 것이다. 지금 그녀는 그럴 수 없었다. 이럴 땐 누구한테 기대야 하는지 골똘히 생각했지만 아무리 생각해도 남자친구 외에 떠오르는 사람은 없었다. 그녀의 친구들은 그녀가 기댈 만큼 어깨가 넓지 않았다. 그렇다고 가족한테 하소연하는 것도 웃긴 일이었다.

이제 카페에서 나왔다는 그의 연락에 당장은 답해주지 않았다. 속으론 그가 자신을 생각해 연락을 남겨놓았단 사실이 좋았으나 동시에 그녀를 덮친 것은 두려움이었다. 답장을 보내고 나면 둘은 한동안 연락이 없을 것이고 혼자 있는 시간이 그녀는 소름 끼치도록 싫었다. 답장을 늦게 하더라도 화면 속에 남아있는 연락이 조금 더 자신을 안심시켜 주길 그녀는 소소하게나마 바랐다.

실체 없이 떠돌아다니던 그녀의 연락은 어느 순간 효석에게 향하고 있었다.

얘기를 대충 들은 효석은 퇴근 후에 잠깐 만나서 걷는 게 어떠냐고 물었다. 마침 그녀도 지긋지긋한 운전대를 놓고 싶던 참이다. 옆자리에 아무도 타지 않는 차보다 사람과 함께 걷는 게 더 나아 보였다.

저녁 7시가 조금 넘어서 두 사람이 만났을 때, 효석은 너무 밝게 웃지 않으려 애썼다. 괜히 심란한 사람 앞에서 억지웃음을 지을 바에 무표정한 것이 낫다는 걸 그는 잘 알고 있었다.

"괜찮아요?"

그는 첫 마디가 너무 자극적인 게 아닌가 싶었다. 이내 웃는 모습에 안심했으나 그녀는 웃기만 할 뿐 더 이상 따라오는 말은 없었다.

"밥은 먹었어요?"

그녀는 밥을 먹지 않았지만, 식욕이 돌지는 않았다. 효석의 말을 듣고 나서야 그녀는 비로소 배가 고프다는 걸 알아차렸다.

"안 먹었어."

"뭐라도 먹으러 갈래요?"

"햄버거 하나면 돼. 걸으면서 먹자."

둘은 근처의 맥도날드로 걷기 시작했다. 가는 동안, 둘은 어떤 말도 하지 않았다. 문을 열자 참깨 내음 섞인 열풍이 그들을 덮쳤다. 직원들은 바빠 보였고 저녁 시간의 맥도날드는 항상 사람이 붐볐다. 그냥 걸으면서 먹는 게 맞겠다는 효석의 농담에 미효는 "그러게."라며 짧게 답했다. 키오스크 앞에는 아직 앳된 대학생들이 줄줄이 서있었다. 시험 기간이다

보니 빠르고 편하게 먹을 수 있는 메뉴를 찾아서 몰려온 모양이었다. 이미 앉아서 먹고 있는 학생 중엔 한 손에 감자튀김을 들고 다른 손으로 책을 들고 있는 녀석도 있었다.

키오스크의 화면은 가게의 메뉴를 모두 담고 있었고 한눈에 들어오는 메뉴판 덕에 두 사람은 빠르게 주문을 마칠 수 있었다.

"어릴 땐 다 말로 주문해야 했는데, 되게 편해졌다."

"뭐 저게 훨씬 편하죠."

"다 편하지는 않을 텐데. 가끔 어르신들 주문 못 하기도 하잖아."

"그 정도로 연로하신 분들은 잘 안 와요. 오는 사람들은 대부분 다 할 줄 알죠."

잘 안 와서 바뀐 건지, 바뀌어서 잘 안 오는 건지. 미효는 머릿속을 스쳐 가는 말에 오랜 시간을 쓰지 않았다. 그녀의 주문이 잘 포장되어 나왔다.

효석이 조막만 한 손으로 받아오자 그녀는 고맙다는 말을 짧게 건넸다. 다시 거리로 나왔을 때, 해는 완전히 산 뒤로 넘어가 있었다.

"여름 다 갔네. 해 되게 빨리 떨어진다."

"신기해요. 낮에 떠있을 때는 절대 안 질 거 같은데, 떨어질 때는 눈에 보일 정도로 빠르게 떨어지는 게."

"왜 그럴까."

"글쎄요."

둘은 근처의 공원으로 걸음을 옮겼다. 미효의 집에서 멀리 떨어지지 않은 곳이었다. 최대한 먼지가 쌓이지 않은 벤치를 발견한 효석이 그녀를 불렀다. 갈색 종이봉투 안에는 아직 식지 않은 햄버거와 감자튀김이 들어있었고 콜라는 쏟아지지 않도록 투명한 비닐봉지에 따로 담긴 채였다. 그녀는 작은 손으로 납작해진 햄버거의 포장을 벗겼다. 왼손에는 건후와 이 년째 되던 날 함께 맞춘 반지가 끼워져 있었다. 조금 변색 된 밋밋한 은반지에 가로등 빛이 묻어났다.

"예쁘네요."

"에이. 슬슬 바꿔야지. 오래돼서 색도 변했잖아. 처음 맞출 땐 엄청 예뻤다? 순은도 변한다는 걸 얘 때문에 알았어. 올해 지나고 딱 오 년 되면 새로 맞추려고."

"변해도 나름 괜찮지 않나요. 그리고 그거 벗길 수 있어요. 조금만 시간 쓰면 다시 깨끗해져요."

"그래도… 새로 맞추면 건후도 좋아할 테니까."

효석은 방금까지만 해도 화가 잔뜩 났으면서, 그새 다시 남자친구를 생각하는 그녀가 신기했다. 반쯤 먹었을 때, 그녀는 조금 많다는 듯 효석에게도 권했다. "그는 괜찮아요." 라며 미효가 햄버거를 다 먹을 때까지 그저 지켜보기만 할 뿐이었다.

마지막 남은 한입이 살포시 입안에 들어가자 그녀는 확실히 기분이 좋아졌다. 항상 배가 부르고 나면 그녀의 우울한 상태가 조금은 나아지는 것이었다. 포만감은 그녀를 더 이상 불안하게 만들지 않았다. 특히 누군가 먹을 때 옆에 있어 주는 것은 안전하다는 느낌을 더욱 불어넣었고 그녀가 어떤 사람이든 만나고 싶어 했던 것은 당연할지도 몰랐다.

뒷정리를 끝낸 두 사람은 시답잖은 대화를 나누며 공원을 돌기 시작했다. 대화의 주도는 자연스레 미효에게 넘어갔다. 처음 건후를 만났을 때부터, 일 년째 되던 날 받은 시집, 그녀가 몰래 반지를 맞춰서 선물했던 순간 건후의 표정까지, 그녀는 모두 기억하고 있었다. 기억을 톺아가는 말이 오갈수록 미효의 표정은 밝아졌다. 옆에서 나란히 걸으며 효석은 아무 말도 하지 않았다. 공원을 세 바퀴쯤 돌았을 때, 그는 무심한 어조로 말을 건넸다.

"저도 글 다시 써볼까요."

효석의 말에 그녀는 고개를 홱 돌렸다. 하얀 치아는 해가 졌는데도 뚜렷하게 보였다.

"다시 쓰면 잘할 거야."

"또 떨어지면 어떡하죠. 무서워요. 그저 그런 사람으로 남을 것 같은 느낌이 들어요."

무섭다는 말에 미효는 잠시 머뭇거렸다. 어느새 효석의 모습은 건후와 닮아있었다. 그 이후로 둘 다 별다른 말을 하지 않았다. 슬슬 들어가 봐야겠다는 말은 미효에게서 먼저 나왔다. 데려다주겠다는 효석의 배려를 그녀는 정중히 거절했다.

"그래도 다시 해봐 다시 하면 더 잘할 거야."

그가 다시 시작했으면 하는 바람으로 인사를 끝냈을 때 효석은 그녀의 입만을 바라보았다. 치아는 여전히 하얬다.

🌢

침대에서 일어난 미효는 반드시 남자친구에게 사과할 것이라 다짐했다. 어제 먼저 가버렸으니 오늘은 조금 더 늦게까지 함께 있을 생각이었다. 분명 그도 걱정이 많았을 테지. 심지어 오늘은 만난 지 사 년째 되는 날이었고 양쪽 다 여러모로 준비를 많이 한 상태임은 분명했다.

한편 건후는 집에서 나오기 전, 빠뜨린 게 없나 꼼꼼하게 확인했다. 핸드폰, 지갑, 담배…. 몇 번이고 주머니를 뒤적거렸음에도 그의 손에는 허전한 느낌이 감돌았다. 세 번째 확인을 마친 뒤, 그는 집을 나섰다.

미효는 차 키를 가방 구석에 밀어 넣었고 오늘은 눈치 보지 않은 채 술을 마음껏 마실 생각이었다. 단둘이 술을 마시는 일은 오랜만이었다. 그녀는 애인에게 선물할 책을 확실히 확인하고 손가락의 반지를 평소보다 소중히 손가락에 끼웠다. 버스 시간을 확인한 그녀는 얼마 남지 않았다는 걸 알아챘다. 향수를 마지막으로 서둘러 준비를 마칠 수 있었다.

만나기로 한 곳은 시내의 영화관이었다. 오랜만에 입은 블레이저가 어깨뼈를 지그시 조였기에 건후는 버스에 올라타자마자 그것을 벗어 가지런히 무릎 위에 올려두었다. 편한 옷만을 입던 그는 블레이저의 느낌을 쉽사리 받아들이지 못했다. 어떻게 사람들이 매일 이런 걸 입고 출근하는 건지도 이해하지 못했다. 버스 창에 비친 모습이 낯설게 느껴지자 어쩌면 자신도 누군가처럼 될 수 있겠다는 생각이 머릿속을 부유했다.

미효의 카드에 누적된 버스 요금은 사천오백 원이었다. 남자친구가 하루 동안 필 수 있는 담뱃값과 비슷한. 힘겹게 올라탄 버스엔 남은 자리가 없었다. 앉아있는 사람 중엔 못다 채운 잠을 쪼개가며 청하는 사람들이 있었고 시내에 가까워질수록 버스엔 사람이 들어찼다. 버스 안이 붐비자 안 그래도 좁은 어깨가 더욱 움츠러들었다. 바로 앞에 앉아있던 학생은 급하게 뿌린 향수 냄새가 낯설었는지 쉬지 않고 기침을 해댔다.

먼저 정류장에 도착한 사람은 건후였다. 남은 시간까지 뭘 해야 하는지 고민하던 그는 편의점으로 들어가 구석에 박혀 있던 캐러멜마키아토 하나를 집어 들었다. 애인 것까지 하나 더, 투플러스원 행사상품을 알리는 음성에 그는 한 개를 더 가지고 왔다. "오천사백 원입니다." 양손에 커피를 든 뒤 추가로 얻은 하나를 편의점 알바에게 건넸다. 담배 가판대 밑에 내려놓은 경영·마케팅 서적이 눈길을 끌었지만, 그는 못

본체하며 빠르게 밖으로 나갔다. 이제 남은 시간은 영화관 상가 앞 벤치에서 보내야 했다. 커피를 잠시 내려도 쏟아지지 않을 만큼 평평한 벤치였지만 그는 조금 불안했다. 결국 그는 미효가 올 때까지 손에 들고 있었다.

갑작스러운 애인의 포옹에 건후는 조심스레 들고 있던 커피를 쏟을 뻔했다. 뒤를 돌아보자 짙은 향수 냄새가 그의 코를 찔렀다. 정작 미효는 개의치 않고 그를 애틋한 표정으로 보고 있었다.

"일찍 왔네? 차 안 막혔어?"

"딱히."

"밥 먹으러 가자. 안 먹고 나왔잖아."

항상 일찍 나왔던 건후가 아침을 먹는 일은 없었다. 그런 그의 생활상이 이미 미효의 머릿속엔 다 들어있었다. 그래서 그는 아침을 먹어야 힘이 난다는 애인의 잔소리 아닌 잔소리를 매일 같이 들어왔다.

"먹었어."

"…?"

"아침, 눈이 떠져서 먹고 나왔어."

"몇 시에 일어났는데?"

"6시. 괜찮아. 좀 있으면 점심이니까. 영화 보고 같이 먹자."

건후가 그녀의 예상을 벗어난 적은 몇 번 없었다. 아침은 안 먹는 게 속이 편하다며 걱정하지 말라 했는데, 그래도 굶으면서 자신을 기다린 게 아니었단 사실에 그녀는 안심할 수 있었다. 둘은 아낀 시간을 쪼개 영화관으로 올라갔다. 몇 년을 만나며 갑작스럽게 시간이 생기면 어떻게 해야 하는지, 그녀는 잘 알고 있었다. 몰래 예약해 놨던 티켓을 취소한 그녀는 다시 시간에 맞는 영화를 빠르게 찾아보기 시작했다. 바쁘게 움직이던 손은 건후의 큼지막한 아귀에 낚였다.

"종이로 뽑자."

건후의 얼굴엔 옅은 웃음이 배어있었다. 그토록 미소가 드러난 적은 오랜만이었다. 애인이라서 예의상 보여주는 웃음은 아니었다. 핸드크림을 바르지 않아 거칠어진 손안에서 미효의 손이 꾸물거렸다. 그녀는 조금 어색했다. 불안의 저편에서 옅은 행복이 그녀의 마음에 떠다녔다.

영화관 직원들은 팝콘 기계 앞에서 분주하게 움직였고 빵모자를 눌러쓴 남 직원이 미효의 몸통만 한 종이통에 팝콘을 담고 있었다. 수십 명의 손님을 상대해 본 여직원의 목소리는 키오스크를 닮아있었다. 그들은 더 이상 영화표를 다루고 있지 않았다. 영화를 고르고 좌석을 안내하는 일은 전적으로 반대편의 전자직원이 담당하고 있었기에 그들은 오롯이 팝콘과 콜라에 집중했다.

곧 통 안으로 우르르 팝콘이 쏟아지자 스테인리스 재질 기계가 머금고 있던 뜨거운 옥수수 향이 영화관을 메웠다. 잠깐이었지만 미효의 향수 냄새 역시 파도에 묻혀 날아갔다.

둘은 코 밑에서 맴돌다 사라진 뜨거운 열기에 식욕이 돌았다. "하나 사서 나눠 먹을까?" 미효가 물었다.

"좋아." 건후의 답이었다.

팝콘은 약 열다섯 명을 지나야 주문할 수 있었기에 먼저 키오스크 앞으로 두 사람은 천천히 걸어갔다.

둘은 서로 좋아하는 영화가 달랐지만 딱히 문제 된 적은 없었다. 건후는 그녀가 어떤 영화를 보자고 하면 그저 따라가는 남자였다. 영화뿐만 아니라 대부분 선택의 기로에서 결정을 내렸던 사람은 미효였다. 오늘만큼은 그에게 권한을 넘기려 했다. 그의 손가락은 순위가 조금 낮은 공포영화를 짚었다. 정작 자신은 보지도 못하면서 애인을 위해주는 태도에 그녀는 기분이 좋아졌다.

그녀가 가방을 뒤적여 지갑을 찾았을 때, 키오스크의 카드 리더기에는 이미 건후의 카드가 꽂혀있었다. 그는 오늘을 위해 착실히 돈을 모았고 이날만큼은 자기가 쓰겠다고 다짐한 상태였다. 해봤자 얼마나 모았겠나 싶지만 컵라면 두 개 중 사백 원 싼 걸 고르고, 우유 대신 냉수로만 만든 커피를 골랐던 그의 선택은 오늘 빛을 보고 있었다. 그의 표정은 나긋했다. 그렇게 편안한 얼굴 역시 오랜만이었다. 이만팔천 원.

"여기도 키오스크네."

그는 혼잣말인지 모르게 중얼거렸다. 목소리는 가라앉았지만 따뜻함이 배어났다. 그의 음성에 묻은 미세한 떨림을 미효는 단번에 알아차렸다. 키오스크는 마그네틱 카드를 오물오물 씹다가 종이 티켓으로 토해냈다.

건후가 상영관을 확인하는 동안 그녀는 재빠르게 팝콘 주문을 끝냈다. 원래였다면 팝콘도 자기가 사려 했으나 그녀의 조용한 발걸음은 미처 건후의 눈에 들어오지 않았다.

두 사람은 시간이 조금 남았어도 미리 들어가 기다리는 걸 좋아했다. 광고를 보며 같이 팝콘을 주워 먹고 있으면 정작 영화가 시작할 즈음엔 통의 무게가 절반으로 줄어있었다. 미효가 가방을 편하게 내려놓을 수 있도록 팝콘은 건후의 손에 들렸다.

캐러멜 맛은 항상 미효의 선택이었고 건후는 아무것도 발리지 않은 본연의 팝콘을 좋아했다. 그래서 항상 둘의 팝콘은 한 통에 두 가지의 맛이 섞여 달짝지근하면서 고소한 내음을 풍겼다.

얼마 지나지 않아 영사기의 희푸른 빛이 검은 허공을 갈랐다. 영화관은 순식간에 조용해졌고 주인공의 대사와 음향, 이따금 소스라치게 놀라는 관객들의 비명이 2시간 남짓 상영관을 메웠다. 크레딧이 올라가자 둘은 팝콘을 다 먹지 못했다는 걸 알아차렸다. 서로는 영화가 상영되는 내내 오롯이 스크린에 집중했다.

"재밌었다." "난 별로였어." "넌 다 가리고 봤잖아." 에스컬레이터에서 사람들은 영화에 대한 짧은 토론을 벌였다. 미효와 건후는 아무 말도 하지 않았다. 다만 손을 맞잡고 주변에 뭐가 있는지 둘러보고 있었다.

"이제 밥 먹으러 가자. 찾아놓은 데 있어."

2주년 이후로 둘은 계획을 정해놓고 만난 적이 별로 없었다. 일정을 짜더라도 대부분은 미효가 만들고 건후는 반드시 따라가는 모습이었다.

그녀의 걸음은 다시 경쾌해졌다. 건후가 가자는 곳은 어디든 따라갈 수 있었다. 파스타집도 좋았고, 하다못해 분식집일지라도 그와 함께라면 맛있게 먹을 자신이 생겼다.

"어딘데?"

"게 먹고 싶다고 했잖아. 먹자. 나 돈 있어."

그녀의 머릿속에서 건후의 지갑 사정에 관한 계산이 빠르게 돌아갔다. 분명 여유롭지는 않을 테니 제일 싼 것으로 먹어야겠단 결론을 내는 데는 그리 오래 걸리지 않았다. "좋아!" 그가 어색하지 않도록 그녀는 최대한 신나 보이는 표정을 지었다. 건후는 엷은 미소를 보이며 그녀의 손을 조심스레 잡았다. 손에는 영화관에서 채 말리지 못한 땀이 배어있었다.

🌢

홍게 한 마리가 수중을 떠다니는 공기 방울에 집게발을 갖다 댔다. 서로 뒤엉킨 홍게들은 수족관 밖을 원했고 개중에는 다른 놈을 밟고 올라서려는 녀석도 있었다. 밑에 깔린 게들은 죽은 건지, 산 건지 구분이 되지 않았으나 가끔 꾸물거리는 발끝은 자기가 아직 살아있다고 인증이라도 하려는 듯 보였다. 바닥에 깔려있던 홍게가 죽기 전 마지막으로 본 광경은 건후가 식당 문을 밀고 들어오는 모습이었다. "몇 분이세요."

"두 명이요."

종업원의 모자는 검은 바탕에 빨간 테두리가 둘려있었다. 나이는 건후보다 앳돼 보였으나 테이블을 깔끔하게 닦는 일에는 더욱 능숙해 보였다. 손으로 바쁘게 행주를 돌리며 손님을 상대하는 일이 그에겐 익숙했다. "편하신 데 앉으세요."

먼저 들어온 건후는 수조 속 게의 상태를 살폈다. 사실 봐도 별로 아는 게 없었다. 호구로 보이기 싫었던 까닭에 이리저리 수조 앞을 어슬렁거렸다. 그런 버릇은 미술관에서든 박물관에서든 똑같았다. 중간중간에 뭐라 중얼거리기도 했지만, 미효는 그런 그가 마냥 귀엽게 느껴졌다.

애인이 가장 새까만 눈동자를 지닌 게와 눈싸움하는 동안 미효는 적당한 창가 쪽의 자리를 골라 앉았다. 가방을 내려놓고 파우치에서 쿠션을 꺼내던 중, 그녀는 건후에게 선물할 책을 떨어뜨리고 말았다. 혹시 건후가 봤을까, 다행히도 그는 홍게와의 눈싸움이 끝나지 않은 상태였다. 결국 게가 이겼다.

방금까지 테이블을 닦던 남자는 귀퉁이가 조금 헤진 메뉴판을 자리로 가져다주었다. 원래였다면 모서리의 실밥이 잘 수 놓여있었겠지만, 더는 그렇지 않았다. 미효는 메뉴판을 열어젖혔다. 그녀의 눈은 세트 B에 눈이 가고 있었다. 칠만 원이었고 건후는 삼만 원이 더 비싼 세트 A에 손을 짚었다. 괜찮겠냐는 말이 울대와 턱 사이까지 치고 올라오자 그녀는 입속의 혀를 입천장의 뒤쪽에 꽉 붙였다. 그가 고민 없이 메뉴를 고른 것은 이해해 줘야 할 일이니까.

그녀의 가지런한 치아가 웃는 모양의 입술 사이로 부들거리며 드러났다. 그런 그녀의 머리를 건후는 쓰다듬었다.

"괜찮아."

미효는 아무 말도 하지 않았다. 그러나 건후는 그녀가 어떨 때 저런 웃음을 짓는지 알고 있었다. 분위기가 울적해지지 않도록 그는 미효의 머리를 쓰다듬는 데에 최선을 다했다. 볼 터치가 들어가 평소보다 발그레한 뺨도 살살 꼬집어 보았다. 그렇게 몇 번을 건드리고 나자 무르익은 복숭아같이 그녀의 양 볼이 발갛게 부풀었다.

송백 나무통 안에는 게 두 마리가 가지런히 담겼다. 들어온 지 얼마 안 된 직원은 혹시 옮기다가 정성스레 담긴 게 다리가 흐트러지면 어떡하나 걱정했다. 그가 쓸데없는 생각에 빠져있는 동안 다른 한 명은 테이블에 밑반찬을 깔았다. 풍성하지는 않지만 먹을 게 없지도 않은, 주요리가 나오기 직전의 입가심용 반찬.

미효는 양념장이 조금 뿌려진 도토리묵을 건후의 앞으로

옮겼다. 입가심이랄 게 그녀에겐 없어서 반찬에는 손을 잘 대지 않는 여자였다. 반면 건후는 얘기하면서 조금씩 맛을 보는 걸 좋아했다. 도토리묵은 그중에서도 그가 좋아하는 반찬이었고 쇠젓가락이 단단해 보이는 묵을 반으로 가르자 미효는 꾹 머금고 있던 말을 뱉었다.

"어제 미안해."

"괜찮아. 내가 미안해."

건후의 담담한 표정과 말은 유독 축축했다. 아무 말도 하지 말아야 했나 싶었지만 기도의 중간을 막고 있던 조금의 체증을 마저 내려보내고 싶었다. 항상 투정을 부리고 나면 돌아서서 후회했다. 그럼에도 속에서 끓어오르는 뜨거운 공기를 한숨이라던가, 다른 행동으로 내보내지 않으면 그녀의 가슴은 풍선처럼 부풀어 터져버릴지도 모를 일이었다. 언제나 그녀의 가슴을 식혀주던 것은 뒤통수에서부터 내려오는 냉감이었다. 한편 건후의 눈은 멀리서도 홍게와의 결투가 끝나지 않은 듯했다.

"무슨 생각해?"

"여기는 직접 주문받는 게 신기해서."

탁한 눈동자를 미효에게 옮기며 건후는 대답했다. 하고 싶은 말 있냐는 여자친구의 문장에 흐릿한 동공이 흔들거리며 다시 초점을 맞췄다. 그녀는 주관식 문제를 정확히 맞힌 아이처럼 맑게 웃었다.

두 사람의 표정 사이로 직원은 붉은 김이 솟아나는 홍게를 내려놓았다. 해수의 짭조름한 향이 두 사람의 코를 비집고 들어왔다. 직원은 조금 흐트러진 접시를 다시 정돈했다. "소주 한 병만 주세요." 직원은 사뿐한 미소를 지으며 건후를 쳐다봤다.

"어떤 걸로 드릴까요?"

"대선으로 줘요."

그는 미효에게도 마실 건지 물었다. 그녀는 조금만 마시겠다고 대답했다. 냉장고에서 갓 꺼낸 소주병은 겉에 살얼음이 묻어있었고 자그만 이슬 하나가 병의 겉을 따라 곡선의 결로로 미끄러졌다. 홍게에서 나오는 뜨거운 열기는 병에 붙은 상표를 흥건히 적셨다. 깨나 오랜 시간 냉장고에 있었던 터라 상표가 금세 너덜너덜해져 가장자리의 접착은 쉬이 떨어져 나갔다. 생각보다 이른 시간부터 술을 마시게 되자, 미효는 천천히 오래 마실 각오를 다졌다. 그녀는 분명 남자친구보다 술을 잘 마셨지만, 오랜만에 마시는 술은 그만큼 빠르게 혈관을 데웠다. 병을 들자. 흘러내리던 물방울이 그녀의 손금으로 스며들자 말라가던 손바닥은 새벽의 풀잎같이 병에 맺힌 서리를 고스란히 받았다. 그녀는 건후에게 술을 따라주며 '알코올이란 발열제가 아닐까.' 하고 생각했다. 식도를 찢을 만큼 차가운 술이라도 위액과 같이 흔들면 금세 열이 올라오는 일은 아무래도 신기했다. 건후는 잔을 받자마자 곧바로 입에 털어 넣었다. 안주는 먹지 않았다. 대신 두툼한 다리를 가져가 여자친구가 먹기 좋게 살만을 빼냈다. 다리의 관절이 역으로 꺾이고 소금물 섞인 육즙이 마디의 사이에서 찔끔 흘렀다. 갑옷에서 빠져나온 살은 모두 미효의 앞접시에 담겼다.

"떨어졌어."

건후는 게 다리 네 개를 그녀의 접시에 담아준 뒤 손가락에 묻은 육즙을 물티슈로 닦아내며 말했다. 간장에 찍으려던 게살을 미효는 잠시 내렸다.

"공모전. 넣었던 거. 떨어졌더라. 참가상도 못 받았어."

그녀는 아무 말도 하지 않았다. 그에게서 풍기던 짙고 무거운 냄새를 이젠 알 수 있었다. 둘의 침묵이 조금, 어쩌면 길게 이어졌다.

"괜찮아. 다음에 더 잘하겠지. 뭐, 젊을 때 인정받는 사람이 세상에 몇이나 되니."

"효야."

"...?"

"우리 만난 지 얼마나 됐지?"

"오늘 사 년째잖아."

건후는 자작으로 잔을 채운 뒤 곧바로 입안에 털어 넣었다. 어느덧 그의 숨에선 묵직한 알코올 내음이 묻어났다. 담배 냄새는 나지 않았다.

"맞지. 사 년. 길다면 길고 짧다면 짧다."

"…."

"그냥. 이제 좀 무섭다. 전부다. 뭔진 모르겠지만 그냥 다 무서워."

그는 자신이 무엇을 무서워하는지 알 수 없었다. 그렇기에 더욱 솔직하지 못했다. 미효의 양손이 맞잡혔다. 오른손에 남아있던 소주병의 습기가 왼손으로 옮겨갔다. 그녀는 가게 가 조금 덥다고 생각했다. 시선은 간장 위를 부유하는 고추 냉이에 가있었다. 건후는 파르르 떨리는 입술 사이로 한 절 의 숨을, 동시에 짧은 문장을 또박또박 뱉었다.

"미안. 더 이상 자신이 없어서 그래."

미안하다는 말이 그녀의 명치 언저리쯤에 구멍을 뚫고 지 나갔다. 남자는 자리에서 일어났다. 같이 일어날 건지는 묻 지 않았다. 입술을 다문 채 여자는 자기 잔에 남은 소주를 따 랐다. 먹지 않은 게 다리가 식어있었다. 간장을 찍지 않아도 충분히 간이 맞았다. 그가 남기고 간 좋은 사람 만나라는 말 은 그녀의 귓바퀴 언저리에서 차마 들어가지 못하고 뻘쭘하 게 서있었다.

문득 명치에 난 구멍으로 숨을 쉴 수 있겠단 생각이 스쳤 다. 그녀는 말라버린 손바닥으로 코와 입을 막았다. 서리 낀 해수의 공기가 그녀의 흉갑을 메우고 미처 빠져나가지 못한 굵은 소금은 그녀의 폐를 대패질했다. 코와 입에서 손을 떼자 비로소 소금이 빠져나왔다.

 핸드백 지퍼 사이로 책의 띠지가 삐져나왔다. 정성스레 묶은 포장도 차 키에 걸려 반쯤 풀린 채.

소
나
무

버스 맨 뒷자리에서 창에 기댄 채 잠들어 있던 그는 제 눈을 두들겨대는 햇빛이 따가워 눈을 떴다. 창밖을 바라봤을 때, 그는 내려야 할 곳을 훨씬 지나가고 있다는 걸 알았다.

분명 어젯밤에 일찍 잠자리에 들었으면서 어떻게 이런 일이 일어날 수 있느냐고도 중얼거려 보았지만, 다시 떠올리면 모든 게 지금으로선 의미 없다는 생각이었다. 이제 그는 내친김에 잠이나 더 자겠노라, 마음먹고는 아까보다 조금 편한 자세로 고쳐 앉았다. 왼쪽으로 꼬아있던 다리도 반대로 놓고 엉덩이를 조금 앞으로 당겨 기대니 아까보다 훨씬 편안했다.

그러나 이대로 잠에 들었다간 필시 일어났을 때 허리가 아프고 다리가 저릴 것이었다. 그도 그걸 알고 있었으나 딱 종점까지만 이렇게 가자는 생각이었다. 품에 안고 있던 책가방을 발치에 내려놓고는 팔짱을 낀 채 다소 건방져 보이는 젊은이의 태도로 창밖을 보니 자기가 썩 멋있게 보이기라도 했으면 좋겠다는 마음이었다.

고개를 돌려 잠깐 버스 안을 살피자 자신 말곤 아무도 없었다. 그가 버스에 오를 때까지만 해도 학생들이 붐볐는데 그들은 진작에, 학교에서 내리고는 휑하고 사라져 버린 것이 분명했다. 그를 깨워줄까 생각한 사람들이 없지는 않았지만, 괜히 모르는 사람을 건드리는 게 좋은 건 아니라는 것을 그들은 알았다.

덕분에 혼자 버스에 남겨진 그는 홀로 먼 길을 여행하는 꼬락서니가 되고 말았다. 이미 첫 수업은 글렀다는 생각이 드니 그에게는 더 이상의 불안함 같은 게 없었고, 되려 해방감 같은 것이 그의 몸을 싸고돌았다. 다시 잠을 청하기엔 기분이 너무 좋다고 생각한 그는 그동안 자기 목을 옥죄어 왔던 그 모든 것을 톺아보기로 했다.

이리저리 흩어져 있는 조각으로 퍼즐을 맞춰보려는 것은 여간, 쉬운 게 아니었다. 그는 항상 무엇인가를 시작할 때면 뭐부터 해야 할지 갈피를 못 잡는 습성이 있었다.

학교 미술 시간에 선생이 그림을 그려보라고 시키면 어디서부터 시작해야 할지 고민하다 결국 아무것도 못 그리는 학생이곤 했던 것이다. 보다 못한 미술 선생은 간단한 스케치라도 좋으니 백지로만 내지 말라고 했는데 그는 스케치라면 어디서부터 선을 그어야 하는지조차 감을 잡지 못했다.

선생은 기가 차서 분명히 그가 반항하는 게라고 제멋대로 생각하고는 그를 실컷 혼냈으나 정작 그는 속으로 이건 억울하다고 외치고 있었다. 만약 선생이 그에게 연필을 여기서부터 갖다 대고 그리면 된다는 말 한마디만 해줬다면 같은 반에 있는 누구보다 완성된 그림을 그려냈을 것이었다.

그는 시작하는 건 남들보다 느렸지만 한 번 눈이 트면 그때부터는 행동하는 것에 망설임이 없는 사내였는데 이는 필시 그가 또래들을 앞지를 수 있도록 해준 고마운 재능이었다. 동시에 그가 움직이기 위해선 무엇이든 동기가 필요하기도 해서 삼 일 밤낮의 시간을 줘도 한 장도 그려내지 못하는가 하면 불과 서너 시간 만에 탁월한 한 점을 내놓기도 하는 기이한 인종임이 틀림없었다.

그래서인지 누군가 그려달라거나 그리라고 하는 명령은 그의 수작을 탄생시키는 데 큰 의미가 없었고 그런 말을 들었을 때는 아예 연필을 들지도 않거나 대충 끄적여서 낸다 한들 그의 실력에 비해선 형편없는 흑연 자국만이 흰 종이 위에서 꾸물댈 뿐이었다. 그러나 그림을 잘 모르는 사람들이 그 또한 대단하다고 말하는 모습을 보고 있으면 세상은 퍽 묘한 것이라는 생각을 그는 떨치려야 떨칠 수가 없었다.

이는 그가 가령 예술가라, 함은 자신이 그리고 싶을 때 그리고 그리기 싫을 때는 세상에 제일가는 정치인 따위가 온다 한들 종이에 침조차 뱉지 않아야 한다고 생각했던 까닭이다. 그의 진리는 자기가 화가였기에 그림이라고 선 그어서 생각한 것이지 소설가라던가 피아니스트, 시인 같은 존재들에게도 해당하는 것이었다. 그렇기에 그는 자신과 다른 부류의 예술가를 만날 때라 하더라도 그들에게 연주를 한 번 해 달라거나 하는 식의 부탁은 해본 적이 없으며 그들이 머릿속으로 떠올리고 있는 그 무엇인가에 대해서도 물어본 경험 또한 없다.

그러나 이상한 것은 그는 정작 자신을 화가라고 말하지 않았다는 점이다. 자신이 그림을 그린다거나 하는 이유로 특별히 어떤 이름을 새롭게 붙여 부르는 것은 이상하다고 생각했기 때문이었다. 그렇기에 누군가 그에게 직업이라던가 하는 일이 무엇이냐고 물어보면 학생, 혹은 환쟁이 정도로 얼버무렸다. 최대한 남들이 생각하기에 별 볼 일 없는 사람이라고 생각되게 하는 편이 그에게 편했으며, 다른 예술가들도 자신이 하는 일을 '예술' 같은 거창한 단어로 포장하는 짓을 별로 좋아하지 않았다.

어떤 이들은 마치 자기가 위대한 일을 하고 있다는 듯이 말하기도 했지만 그렇게 말하는 사람들치고 별로 대단한 사람이 없다는 걸 그는 어려서부터 알고 있었다. 그들이 비싼 척 구는 것은 좋게 봐줘도 별 볼 일 없는 실력을 숨기기 위한 나름의 생존 전략이거나 삶이 불만족스러워 그렇게라도 자위하는 것이거나 아니면 둘 다일 수도 있다고 생각했다. 그래서인지 그는 붓을 들 때 그들처럼 되지 않겠노라, 수도 없이 다짐했다.

버스가 조금 심하게 흔들렸을 때, 그는 잠깐 현실로 되돌아왔다. 해가 아까보다 조금 높아졌고 승객은 두 명이 늘어났다. 다리를 반대로 꼬고 다시 눈을 감은 그는 자신이 떠올리고 있던 것을 불러오기 위해 애썼다.

"뭘 하고 싶은데?"

언젠가 미술대학에 가겠다고 했을 때 그의 친구는 질문을 던졌다. 그러나 그는 자리에서 답을 하지 못했다. 그저 그림을 그리고 싶었을 뿐이지 이걸 통해서 뭔가를 굳이 직업으로 삼을 마음은 없던 이유였다. 어떤 일을 하든 그림을 그리면서 살 수 있다면 그는 상관없는 게 아닌가 싶었지만, 정작 그가 곤혹스러울 때는 동년배의 질문보다 한 살이라도 많은 누군가와 함께 있을 때였다. 그런 자리에 앉아있을 때면 갈빗대 하나가 길게 자라나 적당히 피가 흘러나올 정도로만 어딘가 찌르고 있단 느낌을 그는 떨칠 수가 없었다.

그들이 질문을 할 때는 듣고 싶은 대답이 정해져 있다는 걸 알고 있었고 적당히 정답에 가까운 답을 뱉어내야만 그 자리에서 벗어날 수 있다는 사실도 잘 알았다.

그냥 뭘 하고 싶다고 둘러댄 적도 있지만 더 그럴듯한 계획을 요구하는 어른들도 적지 않았기에 그는 적어도 대학을 졸업하고 십 년 정도의 계획은 세워놓은 상태였다. 그러나 그 계획은 전혀 지켜질 일이 없거나 지켜지더라도 최후의 수단일 것이 분명해 보였다.

　가장 이상하게 여겼던 것은 자신을 걱정하거나 자체로 소중한 존재라는 듯이 말해왔던 사람들이 놀랍게도 그들에게 도움이 되지 않을 것처럼 보이거나 미래가 없다고 판단되면 즉시 이빨을 드러내 물어뜯는다는 점이었다.

　그들에게는 각각이 원하는 그의 모습이 있어 한쪽에 맞추면 다른 쪽에서 마음에 들지 않아 했으며, 제 입맛에 맞춰 사람을 조각하기에 바빠 보였다. 남을 깎아내리면서 자기를 높이려는 사람이었을 수도 있고 설마 진심에서 우러나온 걱정이었다 할지라도 그런 식의 대우는 고마워할 건 아니라고 그는 늘 생각해 왔다. 그래서 그는 어떤 사람에게든 그럴듯한 모습을 하나 만들어 남들에게 으레 괜찮지 않냐는 듯한 말로 회피하는 것에 도가 트인 상태였다.

　그림만 그리면서 살겠다는 과한 욕심은 부리지 않았지만, 하기 싫은 일이든, 하고 싶은 일이든 둘을 모두 섭렵하겠다는 의지야말로 욕심이 아닌가 생각하니 자연스레 지금 어른들의 말을 곧이곧대로 따랐다간 정말 그런 사람이 되거나 그림을 포기하지 못한 채 이도 저도 안 되는 파멸의 길로 들어설 것이 분명해 보였다. 그는 세상에 불만이 많으면서도 그에 버림받기는 싫어서 어떻게든 잘살아 보겠다고 발버둥 치는 인간의 한 개체였고 스스로 그런 자신이 딱히 특별한 존재라 생각하지 않았다. 오히려 그는 자신을 아주 평범한 아무개의 하나라고 생각하고 있었으므로 언젠가 역사에 이름을 남겼다는 몇 명의 사람들이 아닌 그렇지 않은 다수에 포함되더라도 그는 전혀 아쉬울 게 없다고 굳게 믿었다.

사람이란 어지러이 흩어놓은 먹구름 속에 번개가 될 수도 있고 비가 되어 땅에 떨어질 수도 있는 것이라고, 차마 빗방울이 되어 떨어지든, 잠깐 반짝했다가 사라지고는 천둥을 남기는 번개가 되든, 상관없는 것이라 그는 믿었다.

그때쯤 버스는 기차역을 지났고 사람들이 꽉 많이 탔다. 버스에는 더 이상의 자리는 존재하지 않아서 뒤늦게 탄 사람들은 손잡이를 간신히 부여잡아 탈 수 있었다. 새로운 승객을 태울 때마다 자리가 비좁아져 나중에는 버스의 브레이크 소리인지 사람들의 신음인지 분간이 잘 안 됐으나 그는 아무렴 어떻겠냐고 생각하곤 최대한 서있는 사람들과 눈을 마주치지 않으려 창밖만을 쳐다보았다. 해는 점점 더 중천을 향해 달려가고 있었다. 이제 그는 더 이상 생각에 잠기는 게 재미가 없어져 내려야겠다고 마음먹고는 자세를 고쳐 앉아 짐을 가지런히 정리했다. 와중에 자기가 앉아있는 자리를 가져가려 숨을 죽이는 사람들이 뒤를 쳐다보지 않아도 느껴지자 그는 뭔가 아쉬웠다.

　노인 하나가 다음 정류장에서 쇠약한 몸을 비집고 타자 그는 직감적으로 저 사람이라는 느낌을 받았다. 책가방으로 사람들을 밀어내고는 노인에게 자리를 내어줬을 때, 그는 뒷사람의 아쉬운 듯한 눈빛을 보곤 피식거리며 튀어나오는 웃음을 참을 수가 없어 고개를 떨구고 있었다. 스테이션에 내렸을 때 이제 뭘 할까 잠시 고민했지만 이내 생각은 사라졌다. 다만 학교에 다시 갈 일은 없을 거라 중얼거리고는 천천히 건너편의 정류장을 향해 걸었다.

　그는 술도 잘하지 못했고 담배도 영 취향이 아니었다. 또래에서 예술 한다는 놈들, 혹은 향유 한다는 녀석들은 그런 것을 으레 즐겼지만, 그는 그러지 못하는 사람이었다. 결국 집으로 돌아가는 버스에 오르기로 자기가 가야 할 곳을 정했다. 다만 벽돌 블록이 한사코 쌓여 얼핏 감옥이랑도 구분할 수 없는 집으로 돌아갈 생각은 아니었다. 집, 그에게 집이란 마음이 편해야 하는 곳이었다.

　그러나 그의 집은 집이 아니었다. 대화가 오가지 않는 집에 돌아갈 생각은 없다. 그의 부모가 나쁜 사람인 것은 아니었지만 좋은 사람도 아니었으며 적어도 그가 보는 가족이란 자발적으로 우리 안에 들어가 서로 싸우기도 이따금 난교를 하기도 하는 모호한 집합체였으니까.

　무릇 생명이란 '사랑'이라는 파스텔 톤의 물감으로 예쁘게 덧칠해 놓았으나 실상은 성욕의 찌꺼기였으며 그는 그에서 떨어져 나온 찌꺼기 중의 찌꺼기였을지도 모른다.

이런 생각을 남에게 들켰다간 반박의 몽둥이로 흠씬 두들 겨 맞을 거란 생각에 정작 입 밖으로는 내지 않았다. 그럼에 도 머릿속에서 외치는 소리는 결코 쉬이 무시할 수 있는 것 은 아니었다. 여길 봐도 저길 봐도 온통 찌꺼기라는 생각을 멈출 수 없던 그는 문득 옛친구가 보고 싶어졌다.

쉼 없이 달리는 버스, 세단 승용차와 승합차, 택시까지 어 느 하나 그의 마음에 드는 게 없었다. 그는 조금이라도 빨리 친구를 만나고 싶은 마음에 행동이 급해졌다. 어디로 도망가 는 것도 아닌데 왜 그랬는지는 알 수 없었다. 원래였다면 돈 을 아껴야 한다는 생각으로 환승 없이 버스 하나만을 탔겠 지만 이번엔 그러지 않았다. 중간에 한 번 갈아타더라도 최 소 시간으로 빠르게 가고 싶었다.

얼마 지나지 않아 파란 바탕에 광고문구를 박아넣은 버스 한 대가 도착했고 평소보다 무겁게 몸을 옮기는 것을 보니 분명 사람이 많이 타고 있을 터였다. 점심시간이 머지않았음 에도 사람들은 바쁘게 어디론가 향하려 했다. 그는 문득 버 스에 오르기 무서웠지만 친구를 만나고 싶다는 마음은 그보 다도 더 컸다. 그는 차 문이 열리자 가방을 앞쪽으로 옮겨 메 곤 좁은 사람들 사이를 비집고 들어갔다. 땀 냄새, 향수 냄 새, 누군진 몰라도 어디선가 이른 시간부터 술을 먹은 냄새가 한데 섞이자 그야말로 기막힌 냄새였다. 동시에 가장 사람다운 냄새이기도 했다.

적당히 비어있는 손잡이를 잡고 지옥과 같은 버스에 오른 그는 아무 생각이 없어졌다. 자기가 어디에 어떻게 몸을 싣고 가는지도 떠올리지 않았다. 다만 귀를 열어놓은 채 그저 멍하니 밖으로 지나가는 가로수의 모습을 보는 게 유일했다.

주변을 둘러볼 생각도 하지 않았다. 그는 손바닥만 한 화면 속에 사람들의 눈이 뺏기는 것을 보며 섬뜩하다는 생각을 떼려야 뗄 수 없었다. 죽은 눈이 살아있는 화면을 본다. 어디선가 트럭에 치여 억울하게 눈감은 시체가 더 또렷하게 앞을 볼지도 몰랐다.

'좀 빨리 달려라.'

그는 버스 안에서 몇 번이고 이 말을 되뇌었다. 버스 안의 냄새가 그의 팔, 목덜미에 달라붙어 하염없이 그를 간지럽혔다. 마음 같아선 주변의 사람들을 모두 밀쳐버리고 옷을 벗은 뒤 시원하게 긁어내고 싶었다. 다행히 정말 그러기 전에 버스는 환승역에 도착해 주었다. 차에서 내린 그의 이마에는 땀이 송글송글 맺혀있었다. 아마 5분만 더 있었더라면 토악질을 했을지도 몰랐다.

다행인지 불행인지 그가 몸에 흐르는 땀을 다 말리기도 전에 갈아타야 하는 버스가 왔고 그는 결국 아까 자신의 비위를 역하게 했던 사람 중 하나가 되어 두 번째 버스에 올라타야 했다. 그나마 이번 버스는 사람이 없었다. 그는 창가에 앉아 가방을 소중히 움켜쥔 채 왔던 길을 돌아가고 있었다. 그는 자리에 앉고 나서야 만나러 가는 친구에게 연락하지 않았다는 걸 깨달았다. 아무리 친한 친구여도 이렇게 멋대로 찾아가는 것은 당황스럽게 만드는 일이 분명했다. 한편 그가 이렇게 아무 생각 없이 찾아가고 있었던 것은 친구가 부른다고 안 나온 적이 없었던 까닭이기도 했다.

차라리 이렇게 된 거, 완전 깜짝 선물로 찾아가는 방법도 나쁘지 않겠거니 생각한 그는 들었던 핸드폰을 다시 내려놓았다. 그렇다고 노래를 듣는 것도 아니었다. 그저 멍하니 창밖을 보며 채 말리지 못한 땀 냄새를 다른 손님들에게 풍겨가며 조금씩 말리고 있었다. 등에 맺힌 땀은 쉽게 마르지 않았다. 등받이, 등받이 때문이었다. 엉덩이도 마찬가지였다. 아마 일어나면 그가 앉아있던 자리는 그윽한 젊은이의 땀쉰내를 풀풀 풍길 게 분명했다. 그러나 그가 그것까지 신경 쓸 만큼 위인은 아니었다.

'오랜만에 만나는데 그래도 뭐 하나 챙겨가야지.'

이제 그가 걱정하는 것은 오직 친구에게 사 갈 선물뿐이었다. 꼭 선물 받는 것을 좋아하던 여자는 아니었으나 그래도 마음 한구석에 꿈틀거리는 욕구를 채우려면 하나쯤은 사 들고 가야 직성이 풀릴 듯했다. 이제 보면 그가 선물하는 일을 즐겼던 여자는 오직 그녀밖에 없었다. 심지어 그는 어머니의 가슴에 카네이션 하나를 꽂는 것조차 마음에 들지 않았다. 더 돈을 쓰더라도 지금 만나러 가는 여자에게 선물하는 것만이 그는 인간관계를 통틀어서 가장 의미 있는 일이라고 생각하고 있었다.

슬슬 눈치챘을지도 모르겠다. 아니 확실히 알겠지만, 그는 그녀를 사랑했다. 그녀는 승아라는 이름을 가진 남자의 첫사랑이었으되, 비록 그 끈이 이어진 적 없는 여자였다. 오랜만에 만날 생각에 방금까지 토사물이 쏟렸단 사실도 그는 잊어버렸다. 대신 그의 머릿속에 들어찬 문장은 오로지 무엇을 가져가야 하나였다.

🜄

"네 그림은 참 좋다."

스스로 졸작이라 생각했던 사내의 그림도 좋아해 주었던 그녀는 시를 쓰고 소설을 읽는 사람이어서 그림에 대해서는 영 조예가 깊지 못한 여자였다. 사실 그림이 아니더라도 글을 제외하면 그녀는 어떤 예술 작품이든 마냥 좋다고 박수를 쳐주는 그런 사람이었다. 그러나 그녀가 사내에게 특별히 다가왔던 것은 어디에서 함부로 보이지 않았던 치아를 보였던 이유였다. 오직 그녀는 그의 그림을 볼 때만 실실 웃으며 그림이 좋다고 말해주었고 사내는 그녀의 태도에 완전히 푹 빠져버렸다. 그러나 정작 그녀에게 시를 보여달라고 한 적은 없었다. 이상하게도 그녀의 앞에 서면 떳떳하게 글 한 편 보여달라고 말하는 것이 부끄러웠다.

그런데도 한편으론 보고 싶은 마음이 깊었기에 사내는 하루에 그녀의 책상에 있던 공책을 훔쳐보고 말았다. 정말 어떻게 쓰는지만 보기 위함이었다. 책상 모퉁이에 갖다 대고 진한 파란색의 노트를 열심히 끄적이던 모습 때문이 아니고, 글을 쓸 때마다 보이는 그녀의 가지런한 치아 때문이 아니고, 공책에서 풍기는 이상야릇한 무취의 향 때문도 아니라고 그는 스스로 생각했다. 다만 자기도 어느 정도 시를 안다는 생각에 객관적인 평가를 해주기 위함이었다. 만약 훌륭한 시를 쓴다면 칭찬해 주면 될 일이니. 성적 흥분과 구분할 수 없는 도취상태에 빠진 그는 천천히 글을 열어보았다.

형편이 없었다.

형편이 있고 없고를 떠나서 너무 옛날, 이백 년도 더 전쯤에 썼다면 유행했을 법한 시가 가득했다. 공책에 들어차 있는 글들은 쉬이 말해 완전히 구식이었고 한순간에 망연자실한 그는 못 볼 것을 봤다며 그녀에 대한 미안한 감정이 북받쳐 올랐다. 그 이후로 원래도 글을 보여달라고 하지 않았지만, 더욱 그런 말을 꺼내지 않겠다고 다짐했다.

그러나 그는 말하고 싶은 게 있으면 참지 못하는 성격이었다. 분명 이대로 가다간 훌륭한 시인은커녕 어느 작은 공모

전에서도 입상하지 못할 게 분명했으니 한사코 용기를 내어 기필코 말해야겠다고 생각한 그는 하루에 그녀를 도서관으로 불러내어 말을 걸었다.

"너 공책 봤어."

"?"

"전번에. 책상에 올려져 있길래 궁금해서 봤어. 미안해."

"괜찮아."

"근데."

사내는 말을 단호하게 자르곤 숨을 들이마셨다. 상처 입을지도 모르지만 말해주어야 한다. 이런 글을 계속 썼다간 끝까지 쓰지 못할 것이라고. 애써 그녀에게 좋은 시집 몇 권을 추천하기 위해, 일부러 도서관에서 보자고 한 것이다. 여기까지 왔는데 확실하게 말해주지 못한다면 완전 도루묵이니 더욱 칼같이 말해야 했다.

다짐을 끝낸 그는 일장 연설과 같이 그녀의 시에 대한 품평을 쏟아내었다. 이건 이렇게 쓰는 게 좋다. 그 시는 소재가 좋은데 표현이 아쉽다. 너무 예스럽다. 중얼중얼 왈왈왈….

모든 말을 뱉어낸 그의 이마엔 하마터면 땀이 맺힐 뻔하였다. 위한다는 마음에 침이 튀어나가는 것조차 모르며 열변을 쏟아낸 그는 그야말로 기진맥진해져 있었다. 이제 따로 챙겨둔 시집만 몇 권 손에 쥐여주면 그의 임무는 거기서 끝날 일이었다. 혹시 자기 글이 형편없다는 걸 안 그녀가 울먹거리진 않는지 그는 고개를 들지 못했다. 그녀가 우는 모습을 사내는 도저히 볼 자신이 없었다. 애써 설명할 때도 시선을 피하기 위해 더욱 몰아붙인 것이었다.

다만 시집을 주기 위해선 반드시 눈을 마주친 채 주어야 했다. 눈이란 진심을 가장 잘 드러내는 신체였으니 괜히 자기가 오지랖 부리는 게 아니라는 걸 그녀에게 애써 변호하기 위해선 그래야만 했다. 그쯤 되니 오히려 그렁그렁 눈물이 맺혀있는 쪽은 사내 쪽에 가까웠다.

그가 찔끔 새어 나오는 소금물을 안압으로 꽉 틀어막으며 그녀를 쳐다봤을 때, 그녀는 피식거리며 웃고 있었다. 다만 조소가 아닌 사내가 귀여워서 견딜 수 없다는 듯한 후후 웃음에 가까웠다. 그녀의 표정은 배를 까뒤집은 강아지, 혹은 자식이 처음 걸음마를 떼었을 때 바라보는 어미의 얼굴과 비슷했다.

사내가 주는 시집을 받아 든 그녀는 좋은 충고라며 고맙다는 말을 전했고 사내는 전혀 예상 밖의 반응에 얼굴이 확 달아올랐다. 애써 식혀놓았던 흰자의 실핏줄이 다시 뜨거워지며 동자를 제외한 모든 부분이 발갛게 물들었다. 거미줄처럼 부분부분 도포되어 있던 핏줄로부터 색이 빠져나와 그의 눈을 모두 적셨을 때, 흰자와 검은자만 있을 때보다 훨씬 보기 좋았다.

그제야 그는 그녀에게 몰래 훔쳐봐서 미안하다며 사과를

건넬 수 있었다. 한번 막고 있던 댐이 뚫리자 그의 눈에선 걷
잡을 수 없이 눈물이 흘렀고 그녀는 더 이상 후후 웃음을 짓
고 있지 않았다. 다만 그보다 훨씬 온화한 표정으로 그를 쳐
다보았다. 사내는 처음으로 가족이 아닌 사람에게서 진정한
정을 느낄 수 있었다. 그렇게 도서관에서의 한바탕 소동은
끝이 났다.

한편 그가 그녀에게 더 큰 매력을 느낀 부분은 다음날 나
눈 시에 대한 승아의 생각이었다.

"시가 별거니. 그냥 자기 생각 즐겁게 쓰고 부르면 그게 시지."

이윽고

"시인도 좋지만… 나는 가능하면 교사가 돼서 시를 가르
치고 싶다. 애들한테 시가 얼마나 예쁜지 알려줄 거야."

예쁜 시, 사내는 그녀의 말에 다른 말을 하지 않았다. 그 이
후로 그는 그녀의 시를 더 이상 품평하지도 않았으며 단지
즐길 뿐. 이제 새로이 쓴 시가 있다면 승아는 먼저 사내에게
달려와 이번에 쓴 시라며 말했다. 그녀가 쓴 시가 예뻐서. 그
는 그녀의 시를 사랑했던 것이 아니었다. 단지 글을 쓰는 그
녀의 태도가 즐거워 보였던 까닭에 그는 시를 쓰는 그녀를
사랑했다. 따라서 그녀가 쓰는 시 역시 그의 사랑이 될 수밖
에 없었던 기구한 논리였다.

그녀가 쓴 시는 때론 너무나 짧은 단시, 단가여서 그저 한
두 문장 내외의 문장을 이번에 쓴 거라며, 자랑하고는 했다.

그럴 때마다 그녀가 퍽 귀여워 보였으나 애써 덤덤하게 넘기는 데에 무진장 애를 먹었다.

그러나 애처롭게도 그는 그녀의 진가를 알아볼 눈과 그녀의 목소리를 들을 귀가 있었음에도 그녀에게 마음을 고백할 용기는 가지지 못한 남자였다. 결국 적기를 놓쳐버린 그는 이젠 너무 친한 친구가 되어버렸다고 스스로 정해버린 채. 어느새 서로는 너무 멀리 떨어져서도 너무 가까이 붙어서도 안 되는 기이한 관계가 되었던 것이다. 사랑과 우정은 종이 한 장 차이라고 사람들은 말했기로서니 그는 그 종이보다도 얇은 관계의 막을 찢어버리는 것이 두려웠다.

시간이 지나 결국 둘은 학교를 졸업할 때까지 채 친구로 남아야 했다. 사내는 성인이 되자 첫 술을 그녀와 함께 마시기로 했다. 난생처음 넘어가는 희끄무레한 맛에 그는 소스라치게 놀라고 말았다. 그에 비해 승아는 아무렇지 않게 잘만 마셨다. 사내는 한 병이 넘어가자 도저히 못 마시겠다며 잔을 내렸지만 승아는 잔을 쳐주는 상대 없이도 홀짝홀짝 잘 넘겼다. 어디서 배웠는지는 몰라도 담배까지 가져온 그녀는 술집 앞 의자에 털털하게 앉아 자연스럽게 피워댔다.

'얘는 무슨 여자애가…'

사내는 겨울 아스팔트 도로 위로 올라오는 아지랑이에 정신이 혼미했다. 술기운이었거나 승아의 담배 연기일 수도 있었다. 마음속으로 몇 번이나 위의 말을 되뇌었으나 그건 진

심이 아니었다. 그 말의 이면은 감탄, 어쩌면 그 이상으로 아
찔한 벼락과도 같은 정신의 혼미였고 그는 이제껏 그렇게
아름다운, 동시에 경외할만한 승아의 모습을 본 적이 없었
다. 사람이 이렇게까지 이기적이고 잔인할 수가 있는가.

어째서 그녀를 자신이 가지지 못한 것인지, 그녀가 담배를
피우는 동안 그는 티 나지 않는 탄식의 쓸개를 몇 번이고 가
슴의 이빨로 씹었다.

술집은 시간이 지날수록 사람이 붐볐다. 패딩과 코트를 입
고 한껏 꾸미고 온 풋성인들은 제각기 잔을 높이 들고 몇 번
이나 잔을 쳐댔다. 승아는 그런 장소가 지겨웠던지 나가자며
사내를 설득했다. 그러나 오늘이 지나면 다시 볼 일이 드물
것이란 직감이었다. 사내는 그 자리에 가만히 멈춰 떼쓰는
아이처럼 조금 더 있자고 말했다.

"데려가고 싶은 데가 있어. 거기 가서 좀 더 마시자."

자리만 옮기는 것이라면 그는 상관없었다. 함께 있을 수만
있다면 얼어붙은 호수 위에 짚으로 된 돗자리만 깔아도 즐
거운 술자리일 듯했다. 두 사람은 가게 밖으로 나와 택시를
잡았다.

"신어산 입구로 가줘요."

다소 의아한 목적지에도 불구하고 사내는 묵묵히 따라갔
다. 잠깐 눈을 붙이고 일어나자 그들은 둔덕하고도 높게 솟
은 산의 입구에 도착해 있었다.

"밤에 올라가도 돼?"

"원래는 안 되지. 위험하니까. 괜찮아 밤에 몇 번 와 봤어. 나만 잘 따라와. 놓치면 안 돼."

그녀의 충고를 사내는 몸에 새겼다. 술기운이 올라 잘 보이지 않는 눈을 가늘게 떠가며 그녀의 뒤를 따라가자니 숨이 차올랐다. 등산엔 영 취향이 없던 그는 다만 승아가 올라가자고 하여 오르는 것뿐이었다. 등산이 아닌 그녀를 따라간다고 생각하니 그렇게 힘이 들진 않았다. 그래도 숨이 거칠어지는 사실은 어쩔 수 없어서 한마디 말조차 못 하기 전에 사내는 물었다.

"정상까지 가게?"

"설마 이 날씨에 거기까지 가겠어. 걱정 마. 중턱까지만 오를 거야."

바쁘게 숨을 몰아쉬는 그에겐 달가운 소식이었다. 사실 그녀가 정상까지 가겠다고 했으면 그는 오를 자신이 없었다. 오르더라도 못 볼 꼴을 다 보여줘야 했으나 그럴 일이 없다는 사실에 안심하였다. 별개로 유감스러웠던 것은 산속 바람에 질질 흐르는 콧물만으로도 그의 몰골이 충분히 볼만했다는 점이다.

"괜찮아?"

그녀는 뒤에서 헥헥-거리며 따라오는 사내가 걱정되었던지 이제야 안부를 물어보았다. 그는 애써 괜찮다고 대답했으나 전혀 말과 같은 얼굴이 아니었다. 미식거리는 속을 부여잡고 산의 중턱, 팔각형 정자에 도달했을 때 사내는 완전히 지쳐 나가떨어졌다. 그녀는 옆에 앉아 물끄러미 그런 사내를 바라보았다.

"가끔 여기서 혼자 술 마신다?"

가끔. 가끔이라면 이전에도 마셨다는 소리고 그녀는 법적으로 오늘이 성인이었다.

"술을 언제부터 마셨는데?"

"열여덟? 열일곱? 암튼 그쯤부터."

사내는 그녀가 어디서 어떻게 구해 마신 건지 묻지 않았다. 그러나 그가 듣기로 승아의 부모는 상당히 보수적인 사람들이었다.

"용케도 집에 안 들켰네."

"엄마 아빠한테 들키면 나 되게 혼날걸."

"근데도 마셨어?"

"집에서 못 마시니까 밖에서 마시지. 너도 참 당연한 소리를 하니."

학생 때 술을 마셨다는 걸 당당히 말하는 그녀가 사내는 픽 웃겼다.

하지만 한편으로 생각해 보면 그가 이제껏 보아온 승아의 모습은 그 누구보다 인간다운 여자였다. 학생다움이나 여자다움을 떠나서 하나의 사람, 인간으로서의 그녀를 사내는 나무랄 수가 없었다.

애초에 이상한 일이 맞았다. 한 달, 하루, 심하면 1시간의 차이로 술이나 담배라던가 이로 대표되지 않는 사회의 이상하고도 소름 끼치는 자유라는 개념을 향유 할 수 있음이 그는 돌이켜 보면 이상했다. 겉으로 바른 학생인 양 구는 놈들이 사실은 속 빈 강정임을 그는 알고 있었다.

곧은 나무와 곧아 보이는 나무가 다르듯 언제나 오래 버티던 나무는 땅에 뿌리를 박고 하늘을 뚫을 듯이 솟은 나무가 아닌 바위 위에 그 근본이 다 드러나더라도 강직한 줄기 하나만으로 세월을 버텨온 소나무였으니까.

사내는 팔각정을 둘러싼 소나무의 사이로 승아에게서도 그 모습을 본 것이었다.

둘은 밤하늘의 금성 같은 핸드폰을 사이에 두고 마주 앉았다. 더 마시자고 부른 사실은 더 이상 중요치 않았다. 그러나 사내는 한편으로 그런 정적이 어색하여 대뜸 물었다.

"이제 뭐 하려고?"

"그냥 이렇게 있자. 너는 뭘 하고 싶은데?"

"술만 마시는 게 아니라면 뭐든 좋아."

"지금 말고."

"…?"

"앞으로 뭘 하고 싶냐고 이제 좋으나 싫으나 사람들이 말하는 어른이잖아."

사내는 누가 들어도 깔끔하게 딱딱 맞아떨어지는 대답을 뱉어냈다. 아마 회사 면접이었다면 별 고민 없이 그를 뽑았을 듯한 모범의 답변에 가까웠다. 나름 미래 계획이 있으며 자기가 철들고 능력과 패기가 동시에 있다며 뽐내는 듯한 사내의 대답은 사실 그녀의 마음을 한 번 사로잡아 보기 위함이었다.

하지만 승아는 다시 한번 물었다.

"뭘 하고 싶은데?"

두 번의 같은 질문이 사내의 입을 틀어막았다. 같은 질문이 반복됐음은 그녀가 원하는 답이 그게 아니거나, 질문의 의도를 시험자가 완전히 잘못 이해하고 있다는 뜻이었다.

마침내 그가 뱉은 답은 침묵이었다.

"하고 싶은 게 맞아?"

이 질문에도 그는 답하지 않았다. '하고 싶을 리가 있냐.' 애써 쉽게 한 마디를 내뱉을 수는 있었으나 진실로 그 말을 꺼내는 일은 그녀에 대한 자신의 마음을 드러내는 것만큼이나 어려웠다.

결국 둘은 노래만을 틀어놓고 있다가 만 원에 가까운 돈을 내고 오른 산에서 내려가야만 했다. 오르는 일보다 내려가는 게 더 힘들다는 사실을 사내는 처음 알았다. 두 사람은 그날 이후로 만나지 않았다.

일 년 뒤 사내는 입대했으며 전역하고도 이 년을 쉬고 나서 복학했을 때, 그녀가 결국 어디 중학교의 신임 교사가 됐다는 사실을 건너 건너 전해 들었다.

🌢

버스에서 내리자 사내의 눈에 들어온 것은 그날 승아와 함께 올랐던 신어산의 중턱이었다. 정상이 아닌 오직 산의 중간만을 바라본 그는 냅다 그곳까지 걸어 올라가기 시작했다.

어느덧 해가 빨리 떨어지고 있었다. 십일월이 꺾이면 해는 빠른 속도로 저물었다. 낙조에 그의 그림자가 길어졌고 사내도 그 사실을 모르지 않았다. 다만 그는 멈출 수 없었고 등산로의 입구에서 소주 두 병을 사고는 거침없이 올라갔다.

'더럽게 힘드네.'

부대에서 사십 킬로미터의 산악행군을 겪었음에도 그는 산을 타는 게 영 익숙하지 않았다. 평지에선 늘 가볍던 신발이 고지에 들어선 순간, 평소의 것이 아니었다. 밑창의 무게는 최소 세배쯤 늘어난 듯했으며 인조가죽의 몸통은 한 걸음 내디딜 때마다 발바닥과 볼을 아프게 조여왔다. 그래도 중턱, 중턱까지만 가면 된다는 생각에 사내는 생각을 빼놓고 걷기로 작정했다.

물을 좀 챙겨왔으면 좋았겠단 생각이 맴돌았다. 그의 가방엔 산의 초입에서 산 소주 두 병과 전공 책 몇 권이 전부였다. 전번에 같이 마시기로 해놓고 자신의 상태가 안 좋아서 마시지 못했던 사실이 사내는 미안했다. 그렇기에 이번엔 함께 잔을 올리고 즐겁게 취하리란 생각이었다.

해는 점점 더 빨리 떨어졌다. 산바람이 거세지자 그의 다리도 얼어붙기 시작했다. 그러나 날씨가 춥지는 않았다. 오히려 겨울이라는 게 믿기지 않을 정도로 포근한 편이었다. 한편 시간이 지날수록 발목에 추 달린 족쇄가 들러붙었다는 생각이 거세졌다.

"여길 다신 올라오나 봐라."

드디어 등산로가 꺾이며 평지가 잠깐 드러나는 곳에 도착했다. 일전 승아와의 하룻밤이 있던 정자였다. 그녀는 정자에 먼저 앉아 사내를 기다리고 있었다. 일부러 그녀가 들으라고 속으로만 했을 말을 크게 탄식하며 그는 정자에 걸터앉았다.

🌢

"일찍 왔네? 더 늦을 줄 알았는데."

"그래도 군대에서 산 좀 탔다. 이제 이 정도는 별 힘들지도 않어."

여전히 그는 거짓말을 못 했다. 자기가 못하는 줄 알면 행동에 노력이라도 해야 할 것을, 거친 숨결로 내뱉는 그의 몇 마디는 나 너무 힘들다고 승아에게 고자질했다.

　그는 숨을 조금 진정시키고 다른 말로 화제를 돌렸다.

　"해 빨리 떨어진다."

　"그때도 이랬는데 뭐."

　"그때는 다 지고 올라왔잖아. 나는 개처럼 올라오는데 해
는 편하게 떨어지는 게-."

　"혼자 올라서 그래. 그때는 같이 올랐으니까 몰랐던 거지."

　"그럼, 너도 오늘은 힘들었냐?"

　그녀는 대답하지 않았다. 표정은 편안했다. 분명 별 힘들
이지 않고 올라왔을 게 분명했으나 사내를 위해 애써 위로
해 준 것이었다.

　"술은?"

　"챙겨왔어. 네 거 한 병, 내 거 한 병."

　"요즘은 잘 마시나 보네. 갓 스물 때는 더럽게 못 먹더니."

　그냥 익숙해진 것이란 말을 그는 하지 않았다. 아직 그녀
앞에서 애 같은 모습을 보이기엔 창피했다. 나름 이십 대 중
반에 들어선 그는 조금이나마 남자답거나 어른스러운, 이런
말보단 조금 의젓해진 자신을 보여주고 싶었다. 그러나 급하
게 올라온 까닭에 그는 미처 종이컵을 못 샀단 것을 깨달았
다. "어떡하지?"

　"됐어. 입대고 한 병씩 마시지 뭐."

　병나발로 마셔야 하는 상황에 불평 한마디 하지 않는 그녀

가 사내는 고마웠다. 초록색 병 하나씩, 둘의 앞에 놓아졌다. 태양은 이제 그 본체가 보이지 않았다. 오직 건너편 산등성이에 자기의 혈흔을 남기고 사라져 버렸고 얼마 지나지 않아, 그마저도 겨울의 축축한 대지가 빨아들여 버렸다.

발간 햇무리가 사라지자 어둡고도 투박한 구름이 하늘에 드리웠다. 사내는 핸드폰을 들어 날씨를 확인했다. 때아닌 비 소식이 갑작스레 생겨있었다. 사내의 가방엔 작은 우산이 상시 들어있었다. 그러나 승아는.

"나중에 비 온대. 우산 없지?"

그녀는 태양이 가라앉은 건너편의 산을 보며 짧게 "응."이라 답했다. "같이 쓰고 가자. 내가 불러냈는데 미안하다."

"아냐 괜찮아. 그치겠지 뭐."

"너는 애가 여전하구나."

"뭐가?"

"그냥 시원시원하다면 그렇고, 털털하다면 그것도 맞고."

"내가 변할 것 같았어? 사람이 갑자기 바뀌면 죽는대."

갑자기, 그래도 몇 년이 지났는데 갑자기라는 단어는 좀 그렇지 않나. 하기야 그녀가 변하는 일은 천재지변급의 재해가 아닌 이상 없을 거라 줄곧 느끼고 있었다. 바뀌어서 나아질 게 없다면, 맑고 곧은 소나무와 같은 사람이 일순간 찌꺼기가 될 바엔 그 자리에서 죽어버리는 게 나을지도 몰랐다. 그가 피식거리며 웃자 승아는 덩달아 웃었다.

둘은 병을 맞부딪히곤 각자의 입 크기에 맞게 털어 넣었다. 그녀가 변하지 않은 것처럼, 술은 여전히 맛이 없었다. 사내는 혀 아래쪽에서 올라오는 침을 안주로 삼키곤 괜찮은 척 대화를 시작했다.

"애들 가르치는 건 할만해?"

"말도 마. 진짜 말 안 듣는다. 사춘기 애들이라서 특히 심해."

"그게 뭐냐. 애들 가르치는 게 좋아서 간 건데."

"애들은 그렇다 치고. 집에서 학교 전화하는 게 진짜 고역이다. 혹시 너도 나중에 미술 선생 할 생각이면 학교 오지 마. 무조건 학원으로 가. 교사 위에 부모고 부모 위가 강사니까."

"…진심이야?"

그제야 특유의 허허- 웃음을 지으며 그녀는 당연히 장난이라 했다. 그러고도 혹시나 부족했을까, 약간의 대답을 덧붙였다.

"애들이 좋아서 하니. 정말 가르치는 게 좋아서 그러는 거지. 특히 시 가르칠 때. 애들 눈빛이 반짝반짝 빛난다고. 네가 그 눈빛을 아니?"

"난 모른다."

진담이었다. 그는 그 나잇대 학생의 눈빛이 빛난다고 전혀 생각하지 않았다. 선생이 보는 각도와 옆자리에서 보는 각도는 다른 건가.

둘은 계속해서 대화를 이어나가며 술을 들이켰다. 사내보단 승아가 하는 말이 많았다. 직장을 다니다 보니 할 얘기가 많은 듯했다. 그는 잠자코 들어주었다. 문득 그녀의 시를 많이 읽었으면서 자신은 그림 한 장 그려주지 않았단 사실이 사내의 머릿속에 스쳤다.

"자세 좀 잡아봐."

"……?"

"초상화. 빠르게 한 장 그려줄게."

"뭐야. 갑자기."

갑작스러운 사내의 말이 웃긴다는 듯 승아는 입을 틀어막고 크게 웃었다. 그녀도 슬슬 술기운이 올라오는 듯했다. 하지만 이내 사내의 진지한 눈빛에 그녀는 자세를 가다듬었다. 소위 모델이라는 것을 처음 해보았기에 엉성했으나, 사내는 개의치 않았다. 어떤 자세를 요청하는 일도 없었다. 다만 어느 때보다 열의에 불타오르는 눈동자로 그녀를 바라보았다. 해가 졌음에도 그의 눈은 미약한 빛 하나하나를 모아 승아의 모습을 렌즈에 담아내고 있었다. 빗소리가 대차게 몰아쳤지만, 그 순간 사내의 모든 감각은 눈에 있었다. 귀와 코, 침이 바싹 마른 혀마저 더 이상 그의 기관이 아니었다. 사내는 눈을 제외한 모든 부위를 잘라내 버렸다.

톡톡-

한참 스케치북에 연필을 두들기던 그는 어떻게 해야 눈앞의 여자를 가장 아름답게 그려낼 수 있는지 고민했다. 그러나 사내의 머릿속에서 떠오르는 수백 장의 청사진 중 어느 하나 마음에 드는 게 없었고 모든 게 그녀를 담기엔 수준이 못 미치는 듯했다.

빠르게 그려주기로 해놓고 이렇게 시간을 잡아먹는단 생각에 사내는 초조해졌다. 이렇게 그림을 그리는 게 어려웠던 적이 있던가. 누군가 자기 손을 쥐고 여기서부터 그리라고 말 좀 해다오. 제발.

그러한 사내의 생각을 승아는 읽어낼 수 있었다.

"괜찮아. 시간 많으니까. 천천히 그려도 돼."

순간, 그 말을 듣자 비로소 사내는 눈에 몰렸던 안압을 풀 수 있었다. 원래 제자리가 아니었던 감각이 다시 원래의 위치로 돌아갔다. 사내의 혀에선 다시 마른침의 감칠맛이 돌았으며 귀에는 더욱 거세진 빗소리가 들리기 시작했다. 다른 것보다도 산 냄새, 강물의 아늑한 내음이 소나무의 점잖은 향을 묻히고는 그의 콧속으로 흐르듯 들어오고 있었다.

등 근육의 긴장이 깊은 날숨에 섞여 바람으로 날아가자 드디어 그는 편안하게 그림을 그릴 수 있었다. 얼굴은 이전이 더 또렷하게 보였지만, 그는 이제 눈으로 보는 것을 믿지 않았다. 대신 코와 귀, 입과 살로 느껴지는 승아를 종이 한 장에 담을 작정이었다.

그의 손은 처음의 약속대로 빠르게 스케치를 끝냈다. 그러나 그가 그려낸 그림은 그녀의 얼굴도 몸도 아닌 빗속에서 우뚝 솟아있는 소나무였다. 그는 스케치북을 조심스레 찢어 그녀의 손에 쥐었다.

"뭐야. 초상화라더니."

"…갑자기 그게 그리고 싶었어."

그러나 승아는 진짜 초상화보다 그가 즉석에서 그려낸 그림이 더 좋아 보였다. 그녀는 기분이 날아갈 듯하여 남은 술을 한입에 몽땅 털어 넣었다. 이에 질세라 사내 역시 반병쯤 남은 소주를 싹 비웠다. 팔각정의 처마를 타고 수돗물 마냥 비가 흘렀다. 시간이 조금 지나자 비가 점점 그쳤다. 이젠 두 사람의 웃음소리가 산에 더 깊게, 넓게 퍼지고 있었다.

먼저 하산을 제안한 것은 사내였다.

"…이제 내려가야겠다."

"벌써? 아직 할 말 있는데?"

"넌 어떻게 그리 많이 떠들고 할 말이 남아있니?"

사내는 호방하게 웃었다. 이내 그녀가 하는 말에 그의 웃음기는 사라졌다.

"나 말고. 너 못한 말 있잖아."

사내는 입을 꾹 다물었다.

"그 말 하려고 보자 한 거 아니야?"

그녀의 물음에 사내는 조용히 고개를 끄덕였다. 그는 자신의 앞에서 여전히 자애롭게 웃고 있는 그녀를 바라보았다. 정작 어떤 말을 해야 할지 그는 모르고 있었다. 처음 그녀의 초상을 그리려 머리를 굴릴 때보다도 머리가 아팠다.

가슴에서부터 술 냄새가 유독 진하게 올라왔다. 코로 나가지 못한 숨이 사내의 머릿속에 고이고 있었다. 이 정도로 아릿한 두통은 그에겐 첫 경험이었다. 그보다도 아픈 것은 그런 고통의 근원지인 심흉이었으니 그는 결국 처음 겪는 고통에 눈물을 왈칵 쏟아내고 말았다. 의젓하게 보이겠다고 참아왔던 모습이 한 번 터지자 멈출 수 없었다.

군대까지 다녀왔으면서, 그는 열다섯 살 때와 달라진 게 없었다. 울고 있는 사내를 그녀는 겨울의 봄과 같은 가슴에 깊이 묻어주었다. 취기로 인해 승아의 얼굴이 잘 보이지 않았다. 또렷하게 볼 수 없는, 아지랑이마냥 흔들거리던 그녀의 얼굴이 그를 더욱 서럽게 만들었다. 사내는 한참 동안 송화 냄새를 맡으며 더 이상 소리가 나오지 않을 때까지 끅끅거렸다.

울음을 그친 사내는 비로소 담아두었던 두 마디와 접이식 우산을 남기고 먼저 내려갔다. 이제 비는 내리지 않았다.

🌢

집 앞에 도착한 사내는 편안했다. 가슴에 묵힌 듯한 취기도 어느 정도 내려가 있었다. 방에 들어간 그는 씻지도 않고 곧바로 잠자리에 들었다.

하지만 당장 잠이 오지 않았다. 이리저리 뒤척이던 그는 버스에서처럼 학생 때부터 지금까지의 기억을 돌아보았다. 이번엔 승아의 기억이 대부분이었다. 처음 만난 날과 감히 그녀의 시를 평했던 날, 졸업 날, 스물에 함께 산을 오른 날, 신체검사 통지서가 우편함에 꽂혀있던 날에 산악행군을 마치고 물집을 터뜨린 날, 그중에서도 오래 기억에 남은 것은 제멋대로 시를 가르치다 민원에 시달린 신임 교사의 이야기였고 그 교사가 4층에서 투신했다는 날과 사내의 기억, 오늘까지. 그게 전부였다.

만
개

여드름 흉터가 채 가라앉지 않은 사내의 얼굴이 찬 바람에 더욱 달아올랐다. 겨울이 가까워지면 항상 목도리를 올려 써야 했으나 이젠 그럴 수 없었다.

"그거 좀 일로 옮기라니까요."

"……."

"대연 씨-!"

"…네?"

"그거 일로 갖고 오라고요."

"아… 네."

대연은 바닥에 놓은 택배 상자를 들어 올려 왼쪽 어깨에 얹었다. 회사에서 쓸 비품이 가득 들어찬 게 분명했다. 그의 어깨가 그리 좁은 건 아니었음에도 한 손으로 들기엔 버거운 듯했다. 그러나 그는 아랑곳하지 않았다. 오른손으로 살포시 받힌 뒤 거뜬하게 어깨에 들친 그의 어깨. 몹시 단련된 듯하면서 밀도 높은 근육이 한겨울에도 터질 듯 부풀어 올랐다.

"엇다 둘까요?"

"저기 창고 안으로 들어가면 비워놓은 데 있어요. 물류창고 선반 2층. 거기다 놔줘요."

비실비실한 사원이라면 여러 번 나누어야 할 만큼 상자는 무거웠다. 대략 40킬로그램쯤. 웬만한 20대 초반의 사원들은 들기 버거운 무게였다. 대연에겐 아니었다.

그는 몸의 왼쪽으로 상자의 무게를 온전히 지탱하며 오른쪽으론 창고의 문을 열어젖혔다. 낡은 물류창고의 문이 삐걱거리며 잘 열리지 않자 전완근에 힘을 꽉 주어 터뜨리듯 열었다.

"확실히 대연 씨가 힘이 좋다."

"그러니까요. 운동하나?"

"아닌 거 같은데."

"근데 뭐 저도 어렸을 땐-."

"누가 보면 회장님 정도 된 줄 알겠네. 나 비하면 호승 씨도 젊거든."

원석은 대연의 굼뜬 행동을 언제 지적했냐는 듯 칭찬 일색이었다. 근력을 써야만 하는 일에 그는 자신이 없었다. 그러나 자기가 여러 번 나누어서 하기엔 쪽이 팔렸다. 아직 장가에 들지 못한 그는 뒤에서부터 오는 여사원들의 시선을 의식하고 있었기 때문이다. 차라리 대연을 이용하는 모습을 보여주는 것이 존재 가치를 확실히 각인시키는 것이라 그는 믿어 의심치 않았다. 그래. 어쩌면 그게 나았을지도 모른다. 상자 하나 들고 후들거리는 모습보단 확실히 그게 나았다.

한편 그의 가슴 속에선 대연의 탄탄한 어깨와 덩치에 대한 질투심이 뭉게뭉게 피어오르고 있었다.

"나도 운동해 볼까. 호승 씨 어떻게 생각해?"

"헬스요? 운동하면 좋죠. 근데 그래도 김 인턴만큼은 안 될걸요."

김은 대연의 성이었다. 원석은 자신의 이름이 성밖에 불리지 않는 그보다 못한 건가 싶었다. 그의 기분이 조금 언짢아졌다는 걸 호승은 눈치챘다. 그는 빠르게 덧붙였다.

"아 물론 몸은 헬스 하는 게 낫긴 하죠. 대연 씨야 힘이 좋은 거지 몸이 좋은 건 아니니까."

겉치레식의 위로였다. 확실히 대연의 몸은 제대로 운동하는 사람에 비하면 그리 좋은 게 아니었지만, 일, 이 년 동안 퇴근하고 깔짝깔짝하는 정도의 운동으로는 호승이 결코 따라잡을 수 없었다.

"그렇지?"

애써 정신 승리라도 하고 싶었던 원석은 영혼 빠진 목소리로 되물었다.

"아, 맞다. 호승 씨 오늘 퇴근하고 뭐해?"

"저야 뭐 아무것도 없죠."

"그래? 연말인데 우리끼리 한잔해. 간단하게."

간단한 술자리가 아니게 될 것이란 걸 호승은 본능적으로 알 수 있었다. 분명 1차의 맥주, 2차의 소주, 3차의 노래방으로 이어질 회식의 모습이 그의 눈앞에 빠르게 지나갔다. 퇴근 시간 전까지 원석은 이리저리 돌아다니며 여사원들을 불러 모을 게 분명했다.

팀은 팀끼리 뭉쳐야지, 그래도 연말인데, 어차피 많이 안 마실 거야, 생각도 없던 사람들을 주워 담는 그의 태도가 호승은 싫었다. 그는 머리를 골똘히 굴리기 시작했다.

"대연 씨도 데려가죠."

"아직 인턴이잖아?"

"내년부터 팀 들어오는 거 거의 확정일 텐데 미리 그냥 불러요. 얼굴도 확실히 익힐 겸."

대연 앞에선 원석이 그 활개를 마음껏 치지 못한다는 걸 호승은 알고 있었다. 오늘 술자리에서 그가 가능하면 억제기의 역할을 해주길 하는 바람에 호승은 대연의 이름을 들먹인 것이었다. 정작 자기도 그리 친하지 않으면서.

"…오늘 끝나고 다른 약속 잡지 말어. 다른 사람들도 물어볼게."

원석은 대연에 관해 아무 말 하지 않았다. 그를 안 데려올 이유가 없다는 사실을 인정한 것이었다. 정리를 끝낸 대연이 다시 걸어 나왔다. 그를 데려오는 것은 호승의 몫이었다.

"대연 씨 오늘 마치고 뭐해?"

"딱히 정해놓은 건 없습니다."

"그래? 마치고 박 팀장님이랑 한잔해요, 팀 회식이야."

"아… 넵."

넵. 대연의 말에는 끝을 단호하게 끝내는 버릇이 있었다. 어딘가 어수룩해 보여도 태도는 항상 뻣뻣하게, 단호하게 끝내는 게 좋다는 것을 그는 알고 있는 듯했다. 호승은 문득 그가 궁금해졌다. 군대에서 배웠다기엔 어딘가 정에 겨운 그의 목소리가 그는 궁금했다.

🌢

물류 2팀은 대연의 팀이었다. 동시에 원석과 호승, 여직원 몇 명도 끼어있었다. 저녁이라기엔 늦었다. 밤이라기엔 이른 시간에 그들은 치킨집의 문을 열어젖혔다. 어색할 만큼 여직원들 사이에 뒤섞인 원석의 얼굴엔 웃음꽃이 활짝 피어있었다. 오랜만에 여자들과의 술자리가 그는 좋아 보였다. 그런 그의 태도가 호승은 마음에 들지 않았다. 일부러 대연의 옆에 조금 붙어서 간 것도 그런 이유였다. 아니나 다를까 자리에 앉자마자 원석은 마음껏 시키라며 직원들을 재촉했다.

"대연 씨는 뭐 먹고 싶어요?"

"뭐든 잘 먹어요."

"그래도 양념이든, 간장이든 좋아하는 게 있을 거 아니야."

"상관없습니다."

분위기는 한순간에 적적해졌다. 원석은 대연의 대답이 마음에 들지 않았고 호승은 그 사이에서 웃으며 주문을 빠르게 처리했다. 알고 보면 대연도 원석의 평소 행실이 그리 달갑진 않은 듯했다.

"맥주는 그냥 생맥주로 하시죠. 대연 씨도?"

애써 다 같이 잘 섞여보려는 호승의 모습도 어느덧 원석은 탐탁지 않아 했다.

"냅둬. 알아서 하신다는데."

"에이 그래도 연말 아닙니까."

그런 호승의 노력에 대연은 안쓰러우면서도 기이한 고마움을 느끼고 있었다. 그는 원석은 잘 모르겠으나 호승에게만큼은 싹수없게 대하고 싶지 않았다.

"다른 생각이 많았어요. 아무거나 드시죠. 시키는 대로 잘 먹습니다."

마침내 섞일 생각이 든 것일까, 싫었던 호승은 특유의 허여멀건 미소를 지어 보였다. 이 상황이 원석은 싫었다. 안주보다 맥주가 먼저 나왔다. 사이에 놓인 뻥튀기 과자와 샐러

드를 기본 안주 삼아 그들은 반 잔을 비웠다.

"그래도 올해 우리가 참 고생했다. 그지?"

맥주가 들어가기 시작하니 원석은 기분이 점점 좋아지는 것처럼 보였다. 호승은 또 시작이라며 속으로 되뇌었다. 대연은 아무 말도 없었다. 원석의 그런 모습이 여직원들은 너무나 싫었다. 마음 같아선 오지도 않았을 테지만 소위 세상이 말하는 직급이란 게 개인의 생각만으로 이길 수 있는 것이 아니었다. 어느덧 그들은 약속이라도 한 듯 서로를 지켜주며 원석이 갈아놓은 작두 위를 조심스레 타고 있었다.

몰아치는 대화의 장 속에서 호승은 빈틈을 잡아냈다.

"대연 씨는 여기 오기 전에 뭐 했어요?"

단 한마디로 대화의 방향은 대연에게로 돌아갔다. 쉴 틈 없이 말을 쏟아내던 원석의 아가리도 그 순간엔 다물렸다.

"역시 취준생이었을라나."

"…그렇죠. 뭐."

"그러면 직장은 여기가 처음이야?"

"공사 현장에 있었어요. 돈 모으고 그걸로 취업 준비했죠."

가만히 있는 걸 참지 못한 원석이 불쑥 끼어들었다.

"노가다?"

대연의 눈썹이 파랗게 떨리는 것을 호승은 눈치챘다. 그러나 표정은 차분해 보였다.

"네. 뭐."

"대연 씨 되게 힘든 일 했구나. 그러니 그리 힘이 좋지."

이제야 그의 몸에서 나오는 근력을 이해했다는 듯 원석은 약하게 박수를 쳤다. 옅은 우월감이 깔린 미소가 그의 얼굴에 만연했다. 그는 더 이상 대연과의 대화를 피하지 않았다. 아니, 오히려 어딘가 자기 밑이라는 걸 확신이라도 한 듯 더욱 말을 걸어 구타하고 싶은 것처럼 보였다.

조금씩 시간이 흐를수록 추파를 던지는 대화에 가까워졌다.

"그래도 힘은 좋으니까 여자들이 좋아하겠어. 맞지? 으하하-."

좀처럼 끝나지 않는 저질스러운 대화에 슬슬 호승도 표정이 어두워졌다. 대연의 표정은 여전히 차분했다. 하지만 이목구비가 무겁게 내려앉았을 뿐 그의 눈빛은 원석의 말을 장작 삼아 더욱 짙게 타오르고 있었다. 다른 직원들은 안주가 나왔음에도 술을 마시지 않았다. 홀짝홀짝 마시는 척만 하며 둘 사이의 허공, 그 사이의 팽팽한 긴장을 즐기고 있었다. 묘하게 불안하면서도 한 번 무언가 터져주길 바라는 물류 2팀의 모습이었다. 원석은 아랑곳하지 않고 결국 호승이 다시 한번 제지에 나섰다.

"잔 한 번 칠까요? 대연 씨 들어온 지도 얼마 안 됐는데 너무 캐물으면 무서워해요."

"에이 아니야. 거기서 일하는 사람들이 얼마나 시원시원한데. 대연 씨 맞지? 막 이런 대화 어색하거나 그런 거 아니잖아."

"…맞죠."

동의 아닌 동의까지 얻어내자 원석은 더욱 신이 났다. 그가 받아들이기에 이제 마음껏 유린해도 상관없다는 뜻과 다를 게 없었다. 다시 자리에 앉은 호승은 걱정스러운 눈빛으로 대연을 바라봤다. 여전히 차분해 보였다.

"그래그래 그런 데서 일해본 사람들은 쌍욕을 해도 뭐라 안 한다니까. 나 정도면 신사여 신사."

움직임이 없던 대연의 얼굴이 크게 흔들렸다. 가슴속에 막혀있던 그의 숨이 기침과 함께 터져 나온 것이었다. 즉 폭소였다.

대연은 들키지 않기 위해 빠르게 맥주를 삼켰다. 다행히 원석은 잠시 다른 곳을 보고 있었다. 그는 입에 순살로 발린 닭 조각을 집어넣고 동시에 건너편 여직원의 다리를 보고 있었다. 자기 딴에는 애써 노골적이지 않은 눈빛이었어도 모두가 추잡스러운 원석의 행동을 더 이상 봐주고 싶지 않았다.

대연은 반 잔 넘게 남아있던 맥주를 모두 들이켰다. 사례에 걸린척해서 웃음을 숨기기 위함이었다. 그런 대연을 보고 원석은 잘 마신다며 박수를 쳐댔다. 아무도 대화에 끼어들지 않았다. 대면의 공간보다 핸드폰 속에서의 대화로 그들은 말을 주고받았다. 원석이 없는 대화방은 현실보다 훨씬 편안했다. 이미 가게 안은 말이 없었다. 대연의 기침 소리와 원석의 박수 소리만이 몇 분이나 반복해서 울려 퍼졌다.

어느덧 1차를 마무리하고 싶단 생각이 모두의 머릿속에 들기 시작했다. 아니, 정확히 말해서 원석에게만 1차였고 나머지 사람은 모두 집에 가고 싶단 생각이었다. 하지만 호승은 따로 대연과 더 마시고 싶었다. 그는 애초에 단둘이 마실 기회가 언제쯤 생길지 노리고 있었는데, 마침 술자리가 저물 분위기가 보이자 이건 기회라고 생각했다.

"마무리하시죠."

"아- 좋지. 치킨도 물린다. 어디로 갈까."

"…다음에 더 마시는 게 어떨까요. 직원들 내일 힘들어할 겁니다."

"얼마나 마셨다고?"

"여직원들 힘들어해요. 팀장님이야 워낙 술이 세시잖습니까. 다음에 또 제가 자리 만들겠습니다."

"에잉. 아쉬운데."

호승은 원석을 다루는 데에 토가 트인 사내였다. 조금만 치켜세워 주고 저희를 낮추면 은근히 그 상황을 즐긴다는 사실도 잊지 않았다. 다만 이럴 때마다 여직원들을 언급하는 게 그는 항상 미안했다. 원석의 의지를 약하게 만들려면 여자. 여자가 제일 좋은 수단이었다. 자기는 여자를 배려할 줄 아는 신사다운 사내라며 원석은 늘 은연중에 말하고 다녔다. 정작 여자들은 관심도 없었다. 호승은 다음날 커피를 돌릴 생각에 지갑 사정을 빠르게 머릿속으로 떠올렸다. '미안합니

다. 아메리카노 말고는 힘들어요. 프라푸치노는 다음에.'

어느덧 대연의 기침이 멎었다. 물류 2팀은 한 번에 일어났다. 원석은 의기양양하게 법인카드를 내밀었다. 그가 계산하는 모습은 그 누구도 바라보지 않았다. 다들 손에 들린 핸드폰에 집중했다.

◆

호승은 터벅걸음으로 집으로 향하던 대연을 붙잡았다. 붙잡았다기엔 많이 거칠었다. 그도 술이 올라오는 게 분명했다.

"대연 씨 나랑 한 잔 더해요. 아쉽잖아. 이대로 끝내기엔."

"…그러기엔 대리님이 시마이 냈지 않아요?"

"시마이?"

"미안합니다. 끝냈지 않아요?"

제가 생각해도 멋쩍었는지 호승은 히히-거리며 웃었다. 다만 악의는 없었다. 그걸 대연도 알고 있었기에 그에게는 기분 나쁜 티를 내지 않았다. 실제로 호승에게는 딱히 적의가 없기도 했다.

"대연 씨 맨날 혼자 다니잖아."

"대리님은 아니죠."

"맞지. 맞는데. 아 그냥 솔직하게 말합시다. 대연 씨랑 좀 친하게 지내고 싶어서 그래요."

이제야 솔직하게 말한 그의 얼굴은 가벼워 보였다. 대연이 대하기에도 그편이 훨씬 나았기에 딱히 거절할 이유는 없었다. 다만 술을 더 마시고 싶진 않았다.

"커피로 하시죠."

"왜? 술은 싫어?"

"지금은 별로 당기진 않습니다. 누구랑 친해지는 데 술로 친해지는 것도 좀 그래서요."

"그래그래. 대연 씨 하고 싶은 대로 하자. 어디로 갈까?"

자신의 직급을 남발하지 않는 그가 대연은 마음에 들었다. 그에게 큰 적의를 품지 않았던 것도 그런 이유였다. 물류 2팀의 직원들은 여자건 남자건 쓸데없이 자기 위치를 과시하는 데에 혈안이 되어있었고, 그건 핸드폰을 만지작거리는 일보다 재밌는 일임이 분명했다. 단지 그 정점에 서있는 인물이 원석이어서 그 분노가 그를 겨냥했던 것이지 다른 사람이라고 좋았던 것은 아니었다.

"대연 씨 저 카페 가봤어요? 저기 분위기 괜찮아요. 조용하고. 늦게까지도 영업합니다. 아. 다른 데 가고 싶으면 다른 데도 좋습니다."

물류 2팀 중 거추장스럽게 자기 직급을 뽐내는 직원은 호승과 대연뿐이었다. 비록 살아온 삶이 달랐어도 그 결을 같이 하는 데엔 아무런 문제가 없었다. 그들은 서로를 신기해했다. 호승은 좀 티가 났고 대연은 티가 안 났을 뿐이었다.

"괜찮아요. 어디든 가죠. 대리님이 괜찮다면 믿어볼 법해요."

"아- 좋아. 고마워요."

두 사람은 문을 열고 들어왔다 십이월의 냉기가 히터 바람으로 가득 찬 실내를 수놓았다. 텁텁한 공기가 조금 빠져나가자 사람들은 조금 살겠다는 눈빛으로 한 번씩 쳐다보았다. 직원은 진심이었든 아니든 웃고 있었다.

"대연 씨는 뭐 먹을래요? 내가 살게."

자기가 산다고 나설뻔했으나 대연은 그러지 않았다. 다만 따뜻하고 쓰기만 쓴 커피로 시키는 게 좋을 듯했다. 둘의 주문은 같았다. "구천 원입니다. 카드 앞쪽에 꽂아주세요."

"대연 씨 손이 꽤 거칠다."

진동벨을 받아 든 대연의 손이 눈에 들어왔다. 한눈에 보아도 퍽 거칠어 보였다. 따로 관리는 하지 않는 듯했다. 대연도 그가 말해주기 전까진 스스로 손을 유심히 보지 않던 사내였다.

"그렇네요."

"내내야 예전에 일하던 데에서 거칠어진 건가?"

"…아마도요."

"……"

웅웅-거리는 진동벨이 잠깐의 정적을 깨부쉈다. 대연은 탄탄한 허벅지를 잡고 일어나 커피를 받아왔다. 양손으로 조심스레 든 쟁반이 그의 손을 더욱 부각시켰다. 어울리는

않았으나 한편으로 애틋한 그의 손을 호승은 물끄러미 바라
보았다.

"팀장님 마음에 안 들죠?"

존대와 반존대를 오가는 그의 말투가 대연은 낯설었다. 그
러나 싫지는 않았다. 반존대는 본능이었다. 존대는 본능에
저항하는 그의 노력이었다. 높은 위치의 사람이 낮은 사람을
위해 노력해주는 게 쉽지 않다는 걸 대연은 알고 있었다.

"괜찮아요. 남자다우시잖아요. 솔직하시고."

"마음에도 없는 말 잘하네. 저게 무슨 남자답고 솔직한 거
예요. 무식하고 생각 없는 거지."

"…그렇게 말해도 돼요?"

"아유 뭐 앞에 있는 것도 아니고 이럴 때 아니면 언제 얘
기해."

그렇게 말하면서도 혹시나 같은 카페에 들어온 직원이 없
나, 호승은 뒤를 돌아보았다.

"대연 씨 아까 기분 나빠 보여서 그래요. 아니면 내가 미안
하고. 아- 괜히 내 눈치 보고 대답하지 말아요. 그런 거 진짜
싫어해."

그 말을 들은 대연은 아무 말도 하지 않았다. 아직 덜 친해
진 남자 사이의 침묵이 가벼운 듯 무게감 있게 내려앉았다.
짙은 공허감이 자리를 휘감자 호승은 적절한 순간을 찾아
파고들었다.

"현장 일은 언제 했어요?"

"군대 갔다 오고 나서요."

"안 힘들어요?"

"힘들죠."

어째서인지 힘들었다고 말하는 대연의 눈엔 전혀 다른 빛이 서려있었다. 그때로 돌아가고 싶지 않으면서도 기억의 한 파편을 그곳에 두고 온 듯한 그의 분위기는 맞은 편의 사내를 자연스레 빨아들였다.

"거기 있을 때 얘기 좀 해줄 수 있어요? 난 한 번도 안 해봐서. 궁금해지네. 하기 싫으면 안 해도 돼요."

대연의 침묵은 길지 않았다. 고작 커피를 한 모금 후루룩 넘긴 뒤 그는 호승의 부탁을 들었다.

🜄

새벽 5시가 되면 봉고차는 어김없이 대연의 집 앞으로 찾아왔다. 짙은 녹색의 페인트칠이 거의 벗겨진 봉고차 바닥에는 이리저리 공구들이 굴러다녔다. 드라이버, 망치, 어디에 쓰는지도 모르는 쇠 비린내 가득한 도구는 저물어 가던 늦겨울의 서리와 닮아있었다. 그들의 옷에는 흙먼지가 봉고차 겉면의 서리보다도 자욱했다. 타고 있는 모두는 아무 말도 하지 않았다.

그런 봉고차의 정적을 깨뜨리는 것은 항상 남 반장이었다.

"아. 씨발 놈들."

"왜요?"

"라이트 또 안 갔다 났단다."

"뭐 갔다 주겠죠."

"병신들이 해 뜨고 나서 갔다 주면 얻다 쓰냐고. 자기들이 올라가 봐야 벌벌 떨면서 잘못한 줄을 알지."

시원하게 독백의 일갈로 하루를 시작하는 남 반장의 말에 타고 있던 모두는 웃음을 터뜨렸다. 남 반장은 여전히 화가 안 풀린 듯했다.

"웃기나. 늬 중에 하나라도 떨어지는 놈 나와야 정신 차리제?"

꾸중의 방향이 작업팀을 가리켰으나 웃음이 나오는 걸 멈출 수는 없었다. 쿰쿰-거리며 웃자 옷에 붙은 흙먼지가 요란하게 사방으로 퍼졌다. 대연은 그사이에 뒤섞여 안면 마스크를 뒤집어쓰고 있었다. 아마 민얼굴로 있었다면 대연이 가장 크게 웃고 있었단 사실에 더 큰 호통을 들을 터였다.

"근데 떨어질 때 낙법 치면 살아볼 만하지 않아요? 약간 액션영화처럼."

남 반장의 분노를 깨고 성준의 농담이 단번에 퍼져나갔다. 낡은 엔진에 겹쳐 봉고차는 장정들의 웃음으로 더욱 심히 흔들렸다. 앞에 앉아있던 남 반장도 이번엔 아무 말 하지 않았다. 입에서 튀어나오려는 웃음을 참았던 게 분명했다.

"야 대연이 니 함 떨어져 볼래?"

"제가 떨어지면 그냥 살죠. 횡대 다 부수면서 내려옵니다."

"그럼 안 된다. 그거 언제 다시 설치하노. 그거 세운다고 새벽 다섯 시부터 빵이를 얼마나 쳤는데."

남 반장의 말엔 아랫지방의 방언이 섞여있었다. 이 정도로 오래 일했으면 말투가 바뀔 법도 했다. 그러나 이상하게도 그는 고향의 소리와 하나 된 듯한 사람이었다. 처음 온 사람들은 어색해했으나 결국 시간이 지나면 그의 탄력 있는 말투에 절여지곤 했다.

"와. 저보다 그깟 횡대입니까?"

"뭐 다 부수면서 내려온다메. 니가 새로 세우야지 그럼."

"저 혼자요?"

"그래."

"그럼 안 떨어집니다. 다 같이 세운다고 하면 고민해 볼게요."

"그냥 나가 죽어라."

호방했던 웃음은 점차 숨을 죽였다. 현장에 도착한 그들은 좁은 실내에서 꾸물거리며 몸을 풀었다. 긴장이 필요한 사람은 근육을 조였고, 조금 풀어지는 게 좋은 사람은 기합 가득한 한숨으로 힘을 뺐다.

여전히 해는 뜨지 않았다. 손전등은 그들보다 늦게 올 듯했다. 그러나 일을 미룰 수는 없었다. 그들은 저마다 비품을 챙긴 뒤 경철로 만들어진 계단을 밟았다. 조심스레 한 발씩 내딛는 그들의 앞엔 어둠. 오로지 어둠이었다. 대연은 아직 잠에서 덜 깬 눈을 조금씩 적응해 가며 한 발 한 발 전진했다. 순간 안전모 밑, 관자놀이 옆으로 서슬 퍼런 냄새가 스쳤다. 더듬어 만져보니 철골을 연결하는 나사 하나가 튀어나와 있었다. 그는 조끼 앞에서 드라이버를 꺼내 조금 더 밀어 넣었다.

"니 뭐 하노?"

"아. 이거 나사 튀어나와서 다시 넣고 있습니다."

"맞나. 빨리 넣고 온나. 오늘 바쁘다."

더 이상 들어가지 않을 때까지 조이고 나서야 대연은 다시 올라갔다.

악-!

위에서 짧게나마 한 맺힌 짖음이 퍼졌다.

"뭔 일이고."

"파이프 튀어나온 데 찍   답니다."

"씨- 손전등 하나만 있어도 이 지랄 안 하겠고만."

시간이 지나자 모두는 점차 어둠에 익숙해져 갔다. 분주히 움직이는 사이에서 그들의 몸이 생명의 위협을 조금이라도 덜기 위해 빨리 달아오른 것이었다.

해가 뜨고 오전의 작업은 거의 마무리되었다. 그들은 이제야 서로의 얼굴이 괜찮은 것을 보고 안도의 입김을 뱉었다.

"아까 찍힌 데 괜찮나."

성준은 기모 재질의 작업 바지를 들어 올렸다. 그곳엔 오랜 시간 단련해 온 나무 몽둥이와 같은 정강이가 곧게 뻗어 있었다.

"괜찮습니다. 뭐 하루 이틀입니까."

"그럼 왜 그리 소리를 내 지르노. 사람들 놀라게."

남 반장의 걱정은 항상 이런 식이었다. 일단 괜찮은지를 물어보고 상태가 좋아 보이면 장난을 곁들였다.

성준의 정강이는 분명 괜찮았다. 그러나 멍이 들것 또한 확실해 보였다. 하지만 웬만한 상처나 부상쯤은 그에겐 괜찮다는 말 한마디면 이제 거뜬히 낫는 정도였다.

대연은 약 50킬로그램가량의 파이프 뭉치를 왼쪽 어깨에 올렸다. 처음 이걸 들었던 다음날, 자고 일어난 대연의 어깨는 시퍼렇게 자국이 남아있었다. 그러나 이상했던 것은. 그럼에도 출근하는 게 그리 싫지만은 않았다는 것이었다.

현장 일의 수준은 사람들이 생각했을 때, 충분히 앓아누웠을 법한 정도의 일들이 가득했다. 그러나 일에 대해서만큼은 불평 한마디가 오가지 않았다. 심지어 그들은 상상하기 힘든 장난도 넌지시 즐기고 있는 참이었다.

무너진다-!

미리 깔아두었던 철골 구조물에 올라가 있던 대연은 어딘가 잘못됐음을 직감했다. 그는 오른쪽을 쳐다보았다. 굳게 서있던 지지대가 빠지며 파도처럼 출렁였다. 철의 파도는 점차 대연을 향해 쓰나미처럼 몰려왔고 그는 재빨리 건너편의 횡대를 붙잡아 버틸 수 있었다.

"살려줘요!"

그의 한마디엔 진심이 담겨있었다. 밑에서 일을 하던 사람들은 기다려 보라며 걱정했다. 그러나, 이내 대연을 포함한 그들은 입에선 다시 웃음이 나왔다.

"아! 괜찮나!"

"괜찮으니까 빨리 좀 살려줘 봐요!"

"좀만 더 기다려봐라."

잠깐의 사고가 지나가고 현장의 관계자는 남 반장을 불렀다.

"일을 이렇게 해도 됩니까?"

"뭐가요."

"너무 위험하게 하잖아요."

"그럼, 기간 못 맞춰도 뭐라 안 하실 겁니까?"

관계자는 아무 말도 하지 않았다. 남 반장은 이때다 싶어 그간의 서러움을 토로했다.

"솔직하게 얘기해 봅시다. 안전고리 다 걸고 이동할 때마다 줄 연결하라고요? 절대 기간 못 맞춥니다. 막말로 애들 목숨 걸고 일하는 거? 여기 누가 모르는데요. 한창 20대 애들 불러다 돈도 더 안 줄 거면서 몸은 몸대로 우리 알아서 지키고, 돈 더 주긴 싫으니 기간 안엔 하라는 게 말이 됩니까?"

빨간 안전모의 아래에서 쉴 틈 없이 말이 쏟아져 나왔다.

"…애들이 착하니까 그냥 참고 제 딴에 웃으면서 하는 거지. 한번 올라가 보시렵니까? 학교도 안 가고. 여기서 목숨 값 달에 얼마 주는 걸로 퉁-치지 마소."

"…그래도 조금만 조심해서 해줘요."

남 반장은 한번 안전모에 묻은 먼지를 털어냈다.

🌢

"상당히 그곳이 좋았던 것처럼 얘기하시네요."

대연은 말없이 커피를 넘겼다. 그는 오랜만에 얘기를 꺼내니 미처 시간이 가는 줄도 모르고 있었다. 어느새 커피가 미지근해져 아직 반 잔이 넘게 남아있었고 호승은 그에 맞춰 자기 커피를 홀짝거렸다. 대연은 다시 입을 열었다.

"그렇죠. 반장님이든 다른 사람이든, 멋있었어요. 재밌었고."

"거기서 가장 깊게 남은 기억이 있어요? 추억이라면 추억이고 아니면 다른."

대연은 잔을 내려놓았다.

"벚꽃이 예뻤어요."

"?"

겨울이 저물자 현장의 사람들은 더욱 활기가 넘쳤다. 설치 작업에 몰두하고 있으면 모두 자신도 모르게 벚꽃잎을 안전모 장식으로 붙여놓곤 했다.

17미터의 높이에서 바라보는 도시의 봄은 확실히 아름다웠다. 어느 사람들은 도시가 척박하다고 믿었지만 적어도 그들의 위치에서는 그리 보이지 않았다. 향이란 위로 올라오는 것이었고 봄 내음의 밀도가 높아져 도시를 채우고 있으면 그들은 그 향을 한껏 만끽했다. 그곳은 도시 사람들의 봄을 관찰하기에도 모자람이 없는 곳이었다.

"점마는 뭐 하노."

"누구요."

"저어기 고삐리 같은 놈. 학교 시간 늦은 거 같은데 급해 보이지가 않노."

"학교 가기 싫은가 보죠. 1교시 없거나."

"딱 봐도 재꼈구만."

"뭐 저 때 안째면 언제 째닙니까."

"…공부 열심히 해라. 목숨 걸고 일하기 싫으면."

공부를 열심히 하든 안 하든 그것은 별로 상관이 없는 것이었다. 오히려 공부를 열심히 안 해서 이곳에 온다는 말이 대연은 싫었다. 정말 안 해서 여기로 오는 것인지 사람들의 말이 그런 사람들을 여기로 부르는 것인지 그는 알 수 없었다.

그때 그윽한 목소리가 들려왔다.

"야 저 봐봐."

남 반장의 손가락이 가리킨 곳엔 이제껏 대연이 보지 못한 절경이 있었다.

연분홍빛의 꽃잎이 잿빛 철근 사이로 그 탄도를 남기며 들어오는, 흙내음이 새겨진 줄기를 타고 발사된 봄씨앗의 궤적이 바람에 날렸다. 그가 눈앞에 스치자 대연은 어디서 왔나 따라가 보았다. 아이가 신나게 뛰어가며 흩날리는 솜사탕의 모습을 닮은, 숱한 겨울을 이겨낸 기념적인 폭죽놀이가 퍼졌다. 봄에는 불꽃축제가 없을 것이란 사람들의 말은 틀린 게 분명했다.

17미터 구조물 위에서 내려다본 만개는 대연의 눈과 마음을 앗아가 버렸다.

◊

"진짜 예뻤겠네요."

"네. 아마 다시는 못 볼 거예요."

말을 듣던 호승의 입가에 연말과 어울리지 않을 만큼 따뜻한 표정이 드리워졌다. 그가 지루하지 않게 얘기를 들어주는 덕에 대연도 기분이 좋았다.

"왜요. 다시 보러 가면 되지. 높은 데서 보는 벚꽃. 우리 회사도 그렇게 낮은 층은 아니잖아."

"아니요 그런 게 아닙니다. 남들은 아래에서만 보던 꽃을 우리가 위에서 봤다고 그런 게 아니에요. 그보단 더 큰 이유가 있어요. 그 사람들이랑 그곳에서 봐야 하는 겁니다."

"그렇게 안 보였는데 사람 진짜 좋아하네."

"…"

한편 호승은 문득 궁금해졌다.

"그렇게 좋으면서 왜 그만뒀어요? 여기서 스트레스받는 거보다야, 거기서 일하는 게 낫지 않나 그 정도면?"

"다시 겨울이 왔거든요,"

대연의 표정은 다시 차분해져 있었다. 그는 남은 커피의 반을 입에 넣고 말을 이었다.

🌢

현장의 계절은 빨랐다. 다시 북풍이 그들의 옷깃을 에워쌀 때면 모두가 몸의 근육을 긴장시켜야만 했다. 그러나 경직된 몸은 그들의 작업 속도를 늦췄고 그해 겨울은 유난스럽게도 차가웠다. 바람 역시 마찬가지였다. 짓궂은 건달처럼 그들의 생명을 겁박하곤 다시 돌아가는 잔인한 놈.

"오늘도 손전등 안 줘요?"

"또 조금만 기다려 보란다."

"오늘 진짜 어두운데."

"야-! 서리 생겼으니까 안 미끄러지게 조심해서 해라."

조심해라. 그들에게 조심하라는 것은 거의 형식에 가까웠다. 조심하라는 말과 빨리하라는 말, 두 문장이 달려가는 곳은 달랐으나, 그들은 어떻게든 해온 것이었다.

"대연이 안 무겁나."

50킬로그램에 육박하는 철골을 함께 들어 올리며 성준은 나긋하게 물었다.

"에이 뭐 이 정도는 이제 괜찮습니다."

"맞나. 빨리하고 내려가자. 춥다."

겨울 때문이었을지 전날의 근육통이 가시지 않아서였을지, 그날따라 쇳덩이는 더욱 험악하게 대연의 어깨를 짓눌렀다. 강직하고 두꺼운 강철의 업이 그들에게 쥐어졌고 그들의 모습은 한강을 가로지르는 대교와 닮아있었다. 교량의 다리 역할을 장정 몇 명으로 감당하는 것이 썩 좋아 보이진 않았으나 어찌 그동안 해내온 경험과 믿음으로만 들어 올리고 있던 것이다.

그러나 대연은 그날따라 더 이상 못 해 먹겠다는 생각을 지울 수 없었다. 안전모의 안쪽으로 올라간 입김이 얼어붙자 그의 정신은 얼어붙고 있었다. 안개 낀 듯한 시야와 목도리에 막힌 축축한 입김이 목덜미에 들러붙어 조여왔고 작업복의 안쪽은 아이러니하게도 더웠다. 안쪽에서 불어난 공기가 가슴을 누르자 대연은 일이든 뭐든 당장 이 개 같은 차림을 벗어던지고 아래로 내려가고 싶었다. 더 이상 봄, 하늘을 향해 날아가던 생명의 힘만으론 버틸 수 없었다.

그는 이 순간 다시 한번 봄의 모습을 보면 좋겠다고 생각했다. 그 모습을 다시 볼 수만 있다면. 지금부터 얼마든지 일을 하리라. 아직 봄이 되려면 삼 개월이나 더 남았다. 불규칙적으로 후욱-거리며 내쉬던 숨을, 그 거친 호흡을 간신히 진정시키자 비로소 어깨에 받힌 철강이 다시 느껴졌다.

대연의 정신이 팔렸을 동안 그 하중은 오롯이 성준의 몫이었다. 슬쩍 돌아보았을 때, 다행히 그는 괜찮아 보였다. 대연은 고마움과 미안함을 동시에 느끼며 최대한 빨리 제게 맡겨진 작업을 끝냈다. 오래 일한 덕에 일 하나는 확실하고 빠르게 끝낼 수 있었다.

……

문득 그는 가슴이 썰렁했다. 주변의 공기가 너무나도 차가워져 있었고 익숙하지 않은 곳에서 바람이 불었다. 대연은 천천히 주변을 살폈다. 양발로 굳게 밟고 있던 3센티미터가량의 파이프가 왜인지 가벼웠다. 그토록 오지 않는다고 유난을 떨던 남 반장은 어디서 구해왔는지 손전등을 들고 아래에 서있었다. 심해와도 같은 어둠에 점차 불빛이 늘어났다.

아래에는 봄이 있었다. 그토록 대연이 원했던 봄이었고 괴

이할 정도로 시뻘건 벚꽃이 바닥에 떨어져 있는 모습에 대연은 웃음이 나왔다.

스스로 봄이 된 사람은 성준이었다. 그토록 숭고하다는 생명의 힘을 간직한 채, 보잘것없는 폭죽이 되어 강철의 집 아래에 봄을 터트렸다. 다만 그 폭죽은 위에서 터지지 않았다. 그곳 사람들에게 봄은 내려보아야 하는 것이었고 그들의 봄은 언제나 강철 아래에 있어야만 했다.

처박힌 폭죽 껍데기의 끄트머리에는 서리가 묻어있었고 그날 밤 광안리에서도 불꽃놀이의 소식이 들려왔다. 연인과 가족들은 연말을 기념해 모래사장에서 오천 원짜리 폭죽을 쏘아댔다. 얼마 지나지 않아 광안대교 너머의 거대한 불꽃 사진이 인터넷 곳곳에 올라왔다.

그러나 그날 대연이 보았던 불꽃놀이의 사진은 어느 뉴스에서도 다루지 않았다.

🌢

"…."

말을 끝낸 대연은 온화해 보였다. 커피는 마시지 않았다. 호승은 머그잔을 만지작거렸다.

"……."

호승은 믿지 않았다. 그는 아주 합리적인 사람이었고 겨울에 꽃이 핀다는 말을 믿는 것은 바보였다.

　후로 두 남자의 사이에선 적당한 대화만이 오갔다. 그러나
두 사람 모두 커피를 다 마시지 못했다. 정확히는 마시지 않
았다. 더 늦으면 다음 날 지각을 할지도 몰랐다.

나는 정신병자가 아닙니다

네. 맞아요. 맞습니다. 선생님 제가 여기까지 온 데
는 다 이유가 있다니까요. 맞아요. 맞습니다. 역시 전문가세
요. 어떻게 그리 사람을 한 번 보고 정확히 판단하십니까. 아
미안합니다. 내가 선생님을 너무 빠르게 판단했나요. 예의
가 없었다면 죄송합니다. 하지만 뭐. 괜찮지 않겠어요. 하하!
네? 아 미안합니다. 인사가 너무 길었죠. 네. 음 그래요. 사실
저도 여기까지 왔는데 뭐라 해야 할지 모르겠네요. 절대! 정
신이 나간 게 아닙니다. 그래요 글쎄 나갔을 수도 있지만 그
건 절대 사실이 아니에요. 그렇지만 사실이기도 합니다.

어쨌든 얘기를 시작해 볼까요. 보통 무슨 말로 시작하나
요. 나 너무 힘들어? 그건 아닐 거 같아요. 나는 힘들지 않거

든요. 오히려 편안합니다. 당연하죠. 선생님 같은 분이 앞에
계신데. 그럼. 그래야지요. 언젠가 이방을 나가게 되겠지만
그래도 그건 그때 가서 생각하면 될 문제니까요. 아니죠. 어
떻게 지금 떠오른 생각을 나중에 해요. 나는 지금 생각을 하
는데, 지금이 어떻게 나중이 되나요. 그럴 순 없죠. 그럴 수
없습니다. 그래도 괜찮아요. 정말 정말 괜찮아요. 나는 현재
를 살고 있습니다. 아 맞다. 제가 어제 커피를 마셨거든요.
근데 너무 써요. 너무 씁니다. 원래는 커피를 참 좋아했는데
이젠 더 이상 먹기가 싫어요. 담배 하나 피워도 될까요. 아.
실내 금연이군요. 미안합니다. 이거 참 뵌 지 얼마 되지도 않
았는데 벌써 미안한 일이 몇 개람. 근데 왜 선생님은 아무 말
도 안 하십니까. 혹시 제 무례가 심했나요. 미안해요. 그렇다
면 정말 정말 미안해요. 절대 그럴 생각이 아니었어요. 그래
도 아. 괜한 변명은 않겠습니다. 선생님같이 좋은 분 앞에서
내가 무슨 추태람. 이러면 안 되겠죠? 남들 앞에서 이러면
안 된다고 참 많이 들었는데. 그래도 술에 취한 채 오는 것보
단 낫잖아요.

　술보단 커피가 낫죠. 그래도 술을 더 자주 마시는 거 같네
요. 좋아 좋아요. 정말 편합니다. 선생님과 이렇게 얘기를 나
누는 게 얼마나 좋은지 저는 몰라요. 원래 사람은 다른 사람
과 함께 있는 시간이 길어야 한다잖아요. 그런데, 그런데 있
잖아요. 가끔은 혼자인 시간이 좋을 때가 있다는 걸 아세요?

아니다. 오히려 내게 주어진 대부분 시간을 혼자 보내는 게 좋습니다. 왜냐고 묻는다면 저도 몰라요. 그냥 어렸을 때부터 혼자 있는 게 좋았어요.

음. 생각해 보면 혼자 있는 게 좋아서 그랬던 게 아니에요. 아무도 없고 혼자 있는 시간은 길고 그래도 살긴 살아야 하니까, 자연스레 그 시간을 사랑하게 된 거죠. 어쨌든 혼자 있을 때 주로 무엇을 했느냐고요? 아무것도. 안 믿기시겠지만, 아무것도 안 했어요. 왜 뭔가를 꼭 해야 즐겁고 행복해야 한다고 생각하세요. 행복이란 건 그런 게 아니에요. 차라리 뭔가를 안 하더라도 하기 싫은 걸 하는 것보단 그편이 훨씬 낫죠.

세상은 빠르게 돌아가고 그들은 내게 뭔가 하기를 바라요. 하지만 난 그러기 싫습니다. 어디에 처박혀서 말을 듣는 건 제 취향이 아니거든요. 아, 제가 오늘 입고 온 옷 어때요? 이리저리 살펴보긴 했는데. 아무래도 사람 눈이 거울보다 낫죠. 아닌가. 어쨌거나 막 이상하거나 그렇진 않죠? 네? 나 이거 되게 고민해서 입은 거예요. 난 검은색이 좋거든요. 머리부터, 발끝까지. 피부를 제외하곤 안 검은 데가 없죠. 원래 회색 후드티를 입고 올 생각이었는데. 갑자기 바뀌었어요. 오늘 아침에. 왜 바꼈는지 궁금하죠. 세상에 어제 도로를 걷고 있는데 검은 세단이 옆으로 지나가는 거예요. 너무 깔끔했어요. 빛나고. 어쩜 저렇게 예쁠 수가 있는 건지. 가끔 기계는 참 이기적이죠. 가끔 인간보다 고고해 보일 때가 있는 법이에요. 때때론 무서울 만큼. 그래도 내가 낫죠. 기계가 인간보다 낫다는 생각은 위험합니다. 내가 그랬지만 참 그런 생각이죠.

근데. 근데 바퀴가 좀 그랬어요. 차체는 엄청 멋있었는데. 바퀴는 너무 빠르게, 추잡스럽게 구르잖아요. 내 말 무슨 말인지 알아요? 제대로 듣고 있긴 한 거죠? 절대 당신을 의심하는 건 아니에요. 그냥 확인하는 건 사람 본능이잖아요. 누구라도 무시받는 건 썩 좋아하지 않으니까.

날 무시하지 말아요. 제발. 무릎이라도 꿇으라면 그럴 테니. 더 이상 날 혼자 내버려 두지 말아요. 혼자 있는 게 싫냐고요? 아니요. 혼자 있는 건 좋아요. 하지만 무시당하긴 싫습니다. 무시는 아니에요. 그건 사람을 가장 잔인하게 죽이는 일이랍니다. 차라리 내 뺨을 갈기더라도 나는 다른 사람에게 관심을 받는다는 사실이 낫습니다. 어떻게 무시당하고 가만히 있어요. 그건 최소한의 자존심도 없는 사람들이나 가능합니다. 아니면 어느 성인 정도의 사람이라든가. 하지만 나는 둘 다 아니에요. 그저 평범한 사람이랍니다. 평범하다는 게 누군가는 좋다고 할지 몰라도 나는 그렇게 생각 못 하겠네요. 사람들은 남들한테 그런 일을 당하더라도 내 자존감이 높으면 상관없다고, 신경 쓰지 말라고 합디다.

정말 개소리도 이런 개소리가 없죠. 애초에. 가슴에서 느끼는 걸 어떻게 머리가 막을 수 있어요. 지금 제 형편이 먹고

살 만하니까. 그런 소리가 쉽게 나오지 만약 다시 밑바닥으로 떨어져 봐요. 그 사람들도 나랑 똑같을걸? 그런 말을 하는 사람 중에 가식적이지 않은 놈을 내가 본 적이 없어요. 진짜라니까요. 믿어주세요.

누가 그렇게 가식적이었냐니. 난 태어났을 때부터 그런 인간들 사이에 뒤섞여 자랐어요. 사랑한다는 말, 가족이 최고라는 말, 다른 건 몰라도 집이 최고라는 말도, 다 자기들이 착한 사람이라는 걸 내 머릿속 어딘가에 박아넣기 위한 말이죠. 그런 말은 식칼이 아니에요. 강아지풀에 달린 솜털입니다. 자기도 모르게 내 뇌 껍질에 묻어요. 간질간질하다가도 시간이 지나면 다시 얌전해지는, 그러다가 어쩌는지 알아요? 지 혼자서 새싹을 틔운다니까요. 그렇게. 그렇게 점점 늘어나더니. 그렇게 된 거죠. 아마 내 머릿속을 열어보면 복슬복슬할 걸요?

아. 이게 뭔가요. 커피? 커피는 아닌 거 같은데. 아 커피가 맞네요. 고마워요. 마침 목이 말랐거든요. 너무 내 얘기만 했죠. 선생님 얘기도 들어봐야죠. 사람끼리 대화라는 건 한 명만 얘기하는 게 아니잖아요. 서로 오가는 것이지. 자 어서 말해주세요. 선생님은 어떤 얘기를 해주실 건가요. 괜찮으니 계속 얘기하라고요? 어쩜, 이렇게 남을 배려할 줄 아는 사람이. 역시 배우신 분이 다릅니다. 배웠다는 건 많이 말하는 사람을 일컫는 게 아니에요. 바로 선생님 같은 분이죠. 많이 들

을 줄 아는 사람. 비로소 선생님 같은 분을 만나 얼마나 다행인지 몰라요. 우습게 알고 있는 사람이나 괜히 제 밑천이 드러날까 일부러 부풀려서 얘기하거든요. 그 말 아세요? 깊은 강은 소리가 없다고. 정말이라니까요. 사람도 똑같아요.

나는 못 배운 사람을 너무 많이 봤어요. 어렸을 때부터. 어릴 때부터 너무 별로였어요. 그런 사람이. 볼 때마다 제발 좀 닫으라고 말하고 싶었는데. 그러지 못했네요. 그때 입꼬리를 찢어놨어야 하는 건데. 너무 어렸어요. 그때 난 착하기도 했고요. 착하다기보단 착해야 한다고 배운 거지만 이젠 뭐 딱히 상관없습니다. 드디어 당신 같은 사람을 만나서 얼마나 기쁜지 몰라요. 난 항상 만나고 싶었거든요. 내 얘기를 지루하지 않게 들어주는 사람이. 이것 봐요. 내가 어떤 얘기를 해도 웃으면서 들어주시잖아요. 아, 왜 이리 덥죠. 여름인가. 그럴 리가. 분명 아침에 일월인 걸 봤는데. 음 그렇죠. 아직 겨울이 맞다니까요. 선생님도 덥죠? 괜찮다고요? 에이 애써 그러실 필요 없어요. 커피가 뜨거워서 그런가. 진짜 덥네. 김이 모락모락 올라오잖아요. 뭐 겨울에 얼음보단 이게 낫죠. 누군 얼어 죽더라도 차가운 커피라는데 난 거기에 동의하지 않습니다.

그래도 그들이 잘못된 건 아니죠. 정말 한겨울에 차가운 게 좋아서 그러는 사람들도 있잖아요. 나는 이해할 수 없지만 내가 이해하지 못한다고 잘못된 건 아니니까요. 내가 정작 이해 못 하는 건 가끔 이런 사고를 못 하는 사람들이 있다는 거예요. 아니 꽤 많아요. 하루에 한 명은 보는 거 같은데? 아까 말했죠. 배우지 못한 사람은 듣는 것보다 말하는 걸 좋아한다고. 그게 딱 그거예요.

자기가 틀렸을 수도 있다는 생각을 안 한다니까. 뭐라 하면 자기가 무조건 맞대요. 더 역한 건 행동이 그런데 말은 또 자기가 똑똑한 거처럼 모든 걸 고려한다는 듯이 말한다는 거예요. 진짜 신기해요. 자기가 언행이 다르다는 걸 아는지 모르겠어요. 그러면서 자기랑 똑같이 행동하는 사람을 보면 그때는 또 욕을 하죠. 선생님도 오며 가며 많이 봤죠? 아. 근데 나이도 안 여쭤봤네요. 혹시 실례지만…. 아! 역시 나보다 어른이셨어. 선생님이야말로 어른이라는 단어를 가질 자격이 있으세요. 사양하지 않으셔도 됩니다. 제가 인정해요. 당신은 어른이에요. 나보다 훨씬 더.

내가 말이 많죠. 이해 좀 해줘요. 오랜만에 사람을 만나서 그래. 그래 오랜만에. 정말 오랜만이거든요. 이렇게 편하게 대화를 나누는 게. 힘들었어요. 정말 혼자 있는 게. 혼자 있고 싶었던 게 아니에요. 세상에 누가 혼자 있는 걸 즐겨요. 있겠지만 난 적어도 그런 사람이 아니었다고요. 나도 잘 어울리고, 나도 잘하고 싶었는데. 안 됐어요. 왜 안 됐는진 몰라요. 그냥 살다 보니까 안 되던데. 특히 작년엔 더 그랬어요. 작년엔 진짜 잘하고 싶었는데. 최악의 해를 보내고 말았어. 내 탓이죠. 전부다. 그렇게 생각하는 게 편하잖아요. 남의 탓인 것도 있지만 그렇게 생각하는 건 안 좋아요. 다 떠나서 그냥 내 탓으로 돌리는 게 난 편해요. 이렇게 생각하니 내가 힘들어할 이유도 없죠. 다 내 탓이었고. 난 내 탓으로 돌리는 게 편한 사람이니까. 맞아요. 난 힘들지 않아요. 새삼스레 말하지만 난 정신병자가 아닙니다. 나도 사람이에요 사람. 날 이상한 사람으로 몰아가지 말아요. 제발. 난 그런 시선을 받기 싫어요. 그냥 남들이랑 조금 다른 사람이라고요.

애초에 똑같은 사람이 어딨어요. 세상에 정상인이 어딨냐고요. 있다면 누가 정상인데요. 키가 크면 정상이고 작으면 비정상인가요? 남들보다 감성적인 건 어떻고요. 내가 듣는 노래는 잘못됐고 지가 듣는 노래는 좋아요? 내 말은 틀렸고 자기 말은 옳대요. 지금 들으면서 선생님이 어떻게 생각할지 내가 알 수는 없지만, 나라고 처음부터 이랬겠어요. 근데 이런 말 남들 앞에서 하면 난 죽을 거예요. 진짜 죽진 않겠지만 더 이상 말을 못 하겠죠. 소리를 못 낸다면 그게 죽은 거지 뭐. 심장이 멈춘다고 죽는 게 아니에요. 말을 못 하면 죽는 거지.

생각해 봐요. 이상하잖아요. 살아있는 사람은 무시당하는데. 백 년도 더 전에 죽은 사람 말엔 몇천 명이 귀를 기울여요. 그럼 둘 중에 누가 죽은 거예요? 아니다. 애초에 이런 생각을 깊게 하는 게 잘못된 거죠. 맞아요. 내가 잘못됐네요.

그런 말 하지 말라니요. 이게 내가 살아온 방식인걸. 이걸 못하면 난 죽어요. 난 죽는다고. 그 사람들이 틀리면 안 되죠. 그럼 내가 틀려야 하잖아요. 그래 이게 맞아요. 아무리 생각해도 이게 좋아요. 다 내 탓이에요. 누군가 사기를 쳤다면 속은 놈이 잘못한 거잖아요. 다들 그렇다던데? 그러니까 그게 맞죠. 그럼요. 아- 시간이 너무 늦었어요. 슬슬 들어가야죠. 근데 있잖아요. 이제 별 상관없어요. 선생님도 더 있어주실 거죠? 아 진짜 진짜 고마워요.

…….

항상 그랬어요. 그냥 좀 억울할 때. 내 얘기 좀 들어 달라고 했는데. 그것조차 싫었나 봐요. 엄마도 아빠도. 그냥 그랬어요. 뭐 특별한 것도 없어요. 그래요. 이제 인정해요. 난 정신병자가 맞아요. 누가 봐도 사람들 사이에 못 섞이죠. 나 같은 사람이 어떻게 그러겠어요. 내가 어리석었죠. 다들 내 탓이 아니라고 말해줬지만 내가 생각했을 땐 그게 맞아요. 난 내가 너무 좋거든요? 근데 동시에 내가 너무 싫은 사람입니다.

내 얘기를 들어 달라고 했을 때 그 사람들이 뭐라 했는지 알아요? 내가 아직 어려서 그렇대요.

…….

맞는데. 알고 있는데. 좀 너무하잖아요. 우습게 들으실 수도 있지만 그냥 그 말이 너무 싫었어요. 애초에 그런 말이 나올 타이밍은 아니잖아요. 내가 어린 거랑 내 얘기가 맞고 틀린 거랑 뭔 상관인데요.

애초에 계획해서 태어난 아이도 아니죠. 그러니까 갑자기 세상에 뚝 떨어진, 어떤 목적도, 쓰임도 계획되지 못한 사람. 그래도 좋아요. 얼마 전에 엄청 엄청 좋은 노래를 찾았거든요. 진짜라니까요. 잠시만요. 들려줄게요.

……

어때요? 좋죠? 아 역시 좋아하실 줄 알았어. 선생님이랑 나는 통한다니까요. 커피도 거의 다 먹었네요. 담배 피워도 되나요? 아 참. 실내 금연이었죠. 미안해요. 자꾸 까먹어서. 피워도 된다고요? 정말요? 아- 너무 감사해요. 사실 여기 들어온 순간부터 계속 피우고 싶었거든요. 여기, 여기 어디에 담배 냄새가 배어있는 걸 난 눈치챘어요. 선생님도 피우는 사람이죠. 그럴 줄 알았어. 비슷한 사람은 알아본다니까요.

좀 전까지만 해도 더웠는데 지금은 좀 춥네요. 역시 겨울은 겨울이다. 몸에 닭살 돋은 거 보여줄까요? 커피도 식었네. 아깝다. 다 못 마셨는데. 신기해요. 따뜻한 커피는 식으면 맛이 없어요. 아- 정말 쓰다 써. 그래도 담배 피울 때 커피가 빠질 수는 없죠. 선생님도 그렇잖아요. 맨날 담배만 태우기엔 입이 텁텁하고 커피 마시고 있으면 담배 생각나고. 나만 그런 게 아니라니까. 거봐요. 내가 특이한 사람이 아니라니까. 난 지극히 정상이에요. 정상은 없는 거긴 하지만 그냥 난 그렇게 믿을래요.

시간이 오래됐다 그죠. 벌써 자정이 넘고 어제가 없고 내일이라고 생각했던 날이 오늘이 됐어요. 이제 슬슬 들어갑시다. 오래 있겠다는 듯 말했지만 장난이었어요. 속았죠. 호호 아까 내가 말했잖아요. 속이는 건 나쁜 게 아니에요. 속은 게 잘못된 거지. 장난쳐서 미안해요. 맨날 속기만 하다가 한 번쯤 속여보는 것도 나쁘지 않죠. 가능하면 나쁜 사람이었으면 했는데 선생님같이 좋은 분일 줄은 몰랐어요. 이런 상황에서도 웃고 계시다니. 역시 선생님은 좋은 사람이에요. 내가 지금까지 본 어떤 사람보다. 당신이라면 항상 나와 같이 있어줄 거죠? 언제나 내 얘기를 가장 가까운 곳에서 들어줘요. 날 혼자 두지 말아요. 네? 아- 그럴 줄 알았어. 당신은 나랑 닮았다니까요. 신기할 정도로. 진짜 고마워요.

자. 그럼 갑시다. 커피도 다 마셨고 담배도 피웠고. 이제 술만 있으면 완벽해요. 걱정 마요. 선생님이랑 같이 마실 줄 알고 소주를 두 병 사 왔으니까. 사실 네 병이랍니다. 또 속았죠? 선생님 벌써 두 번이나 속았어요. 누구 속이는 거 처음인데 선생님도 진짜 사람 좋다. 맨날 속아주고.

근데 확실히 춥네요. 음. 추워요. 좀 따뜻해지죠. 이제. 항상 추웠잖아요. 내가 장담해요. 술 먹으면 따뜻해질 거예요. 진짜라니까요. 건배해 줘요. 이제 갑시다. 항상 따뜻한 곳으로.

태
양
도
별
이
다

이번 이야기는 내가 술집에서 만났던 어떤 여자의 이야기입니다. 나는 그녀처럼 바보 같으면서 어리석은 사람을 본 적이 없습니다. 보는 내내 여러분들도 답답한 심정을 가지게 될지도 모릅니다. 그러나 나는 그녀의 이야기를 쓰겠다고 말했기에 쓸 수밖에 없습니다. 별 실력도 없는 놈이 글을 써준다니 지금 생각해 보면 무모한 말이었습니다. 그래도 너무 나쁘게 만은 생각하지 말아 주시고 그냥 카페의 한 공간에서 다른 테이블 남녀 두 명의 이야기를 흘려듣게 되었다는 생각으로 봐주시면 감사할 따름입니다.

언젠가 나는 세상이란 우리에게 그리 다정하지 못하다는 것을 알았다. 내 옆의 여자 역시 마찬가지였다. 이런 식으로 글을 시작했다가는 사람들이 무슨 철학적인 이야기를 초장부터 늘어놓냐며 도망갈 게 뻔하다. 이렇게 써서는 용기 내어 내게 말해준 그녀에게도 큰 실수겠다. 만약 누군가 글을 어떻게 써야 하냐고 물어본다면 이런 식으로는 써서는 입에 풀칠이나 하며 살게 될 것이란 말을 해주는 게 좋다. 그런 점에서 이번 글은 좋은 참고서가 되기도 한다. 정답은 몰라도 오답은 수도 없이 보아온 게 당신들이니 이 점에 있어서는 나보다 월등히 탁월한 시야를 가지고 있을 게 분명하니까.

그러나 함께 술을 마시던 여자는 그런 것에 전혀 관심이 없다는 듯했다. 그저 얘기를 들어주는 것만으로 그는 괜찮아 보였다. 이제 와 하는 얘기지만 그는 상당히 술에 취한 상태였고 나 역시 적게 먹지는 않은 채였다. 그를 만난 곳은 이자카야 형식의 술집이었는데 내 수입으론 조금 무리라고 생각이 들 만큼 가격이 있는 곳이었다. 꼬치 한 접시가 무려 만 원에 달하는, 다섯 개의 꼬챙이에 채소와 돼지고기가 지그재그로 끼워진 무려 -무려- 만이천 원의 음식을 주문한 나는 그것만으로 소주를 두 병이나 비워냈다.

옆을 돌아보았을 때 그 여자는 허공 속의 주방을 응시하며 멍하니 글라스 잔에 담긴 소주를 입에 넣고 있었다. 신생아가 모유를 빠는 것만 같은 그 황홀함에 나는 문득 호기심이 돌았다. 술을 마시면서 저렇게 멍청하고도 아름답게 마시는 사람은 없을 거다! 나는 그녀의 옆자리로 몸을 옮겼다. 가까이에서 보니 붕 뜬 화장 자국이 심하게 나있어서 앳된 느낌은 곧바로 사라졌다. 하지만 나는 그녀에게서 느낀 호감을 무시할 수가 없었다.

"혼자 왔어요?"

그녀는 슬쩍 한 번 옆을 쳐다보고는 짧게 "네."라고 대답한 뒤 다시 앞에 놓인 강냉이를 만지작거렸다. 보아하니 안주는 안 시키고 술만 진탕 퍼마시는 게 분명했다.

"이런 걸로만 먹으면 속 쓰려요. 뭐라도 하나 시켜 드세요."

"…돈 없어요."

돈이 없다. 그 말을 이리도 쉽게 꺼내는 것을 보니 분명 그런 체면 적인 것에 개의치 않는 사람이거나 정말 정말 솔직한 사람이거나 둘 중 하나일 게 분명했다. 나는 그녀에게 묻지 않으려 하면서도 동시에 그 솔직함에 대한 호기심을 억누를 수가 없었고 술을 마시지 않았다면 내 자리로 돌아갔겠지만 술을 마셔버린 나는 그러지 못한다는 것 또한 잘 알고 있다. 나는 내 자리에서 짐과 다 식어버린 꼬치 두 개를 들고 그녀의 옆자리로 아예 옮겨버렸다. 그녀는 짐인 듯 보이는 검은 비닐봉지를 치워주었다.

"이거라도 좀 드세요. 저는 배가 부릅니다."

나 역시 대식가였기에 고작 이걸로 배가 부르다는 소리는 뻔한 거짓말이었다. 그녀는 물끄러미 쳐다보다 이내 입을 열었다.

"보통 새로 시켜주지 않나요?"

"나도 돈이 없거든요. 그래도 다섯 개의 음식 중 절반을 나눠주는 형편은 됩니다."

오히려 나를 더 신기한 사람으로 쳐다보는 그녀의 눈은 영락없이 순수했다. 순수라는 게 정말 있는 것인지 나는 모르겠지만 우리 얘기를 흘려듣는 당신들이 판단해 주길 바란다. 어찌 됐든 나의 말에 그녀는 어이가 막힌다는 웃음을 내뱉었다. 그는 내가 무안해하지 않도록 한번 인사를 건넨 뒤 사람 좋은 미소로 내 접시 위에 남아있던 두 개 중 하나를 들고 갔다.

질겅질겅 고기를 씹는 그녀의 모습은 어느덧 술을 마실 때의 결백한 어림과는 멀어져 있었으나 그녀는 그대로 또 다른 매력을 남기고 있었다. 그것은 내가 감히 따라 하기 어려운 우아함에 가까웠다. 다 식어 굳어버린 고기를 그렇게 먹을 수 있는 사람이 세상에 몇 명이나 될지 차마 가늠하지 못한다.

나는 무릇 그 여자가 어째서 홀로 쓸쓸히 소주를 비우고 있는 것인지 궁금해지고 말았다.

"같이 온 사람 없어요?"

"없어요."

"그럼 같이 마시죠. 저도 혼자라."

그녀는 내가 귀찮은 듯하면서도 그 대화의 필요성이 간절해 보였다. 아련하면서도 비어버린 동공 속에서 나는 그 간절함을 보고 말았던 게다. 어쩌면 그녀에게 이끌린 이유가 이것인지도 모르겠으나 그런 자잘한 문제 따윈 지금에 와서 아무런 상관이 없다.

여기서 조금 다른 문제를 만져보자. 그대는 홀로 술을 마신 적이 있는가. 글쎄 먹어봤을 수도 있고 그런 경험이 전무할 수도 있다. 그러나 본인의 경험상 홀로 술을 마시게 되면 -당연하게도- 자기 앞에 있는 사람이 없다. 이 말을 조금 멀리 가져가서 얘기하자. 주변을 조금 넓게 둘러보는 사람이 있는가 하면 기억 혹은 사색에 매몰되어 분위기를 잡아보는 사람, 즉 혼자에 집중하는 사람이 있다. 적어도 나는 위의 두 가지밖에 없으니 누군가 다른 경험으로 글을 써주는 것도 좋겠다.

조금 엇나간 길을 다시 잡아보자면.

나는 전자의 사람이었고 내 옆의 여자는 후자의 인간이었다. 그녀와 나는 몇 마디 주고받은 뒤 금세 말문이 텄다. 처음 본 남녀 두 명이 이렇게 쉽게 어울린다는 것에 의문을 제기하는 사람이 있을지도 모르나 술의 힘이 생각보다 대단하다는 것을 나는 일찍부터 알고 있었다. 그녀의 나이는 나보다 어렸고 직장은 다니다가 그만뒀다고 말했다.

"아니 이렇게 사람이 좋은데 왜 혼자서 마시고 있습니까?"

"사람이 좋으면 뭐 해요. 세상이 안 좋은데."

그녀의 의미심장한 말에 나는 불현듯 진지해지고 말았다. 방금까지 웃음기를 띠던 얼굴도 다시금 차분해져 있었다. 슬픔, 아니 이런 단어를 넘어서 시들어가는 그 사람의 눈에는 아직 꺼지지 못한 구공탄의 빛이 얕게 타들어 갔다.

"왜요. 무슨 일 있었어요?"

"…몰라요."

"에이 그러지 말고 얘기해 줘요. 아 술 다 떨어졌네. 더 마실 건가요? 한 병 정도는 내가 살게요."

철딱서니 없게 그저 즐거워 보이는 나를 그녀는 짜증 난다는 투로 획 돌아보았다. 그녀가 남은 꼬치 한 개를 손대지 않는다는 것을 나는 눈치챘다. 나는 그녀 앞으로 들이밀며 먹으라는 말을 권했다.

"먹어요. 난 배부르다니까요."

"아까 위장 꼬이는 소리 다 들었어요. 그만 마셔요. 당신도."

"……."

그녀의 적절한 충고에 나는 아무 말도 하지 못했다. 확실히 더 마시면 만취였다. 아니, 사실 이미 주량을 한참 넘은 상태였다. 그런 사실에도 나는 그녀를 놓고 싶지 않았다. 어느새 내가 오히려 그녀와의 대화를 간절히 바라고 있었다. 그러나 그 호기심은 아주 불순한 것이었다. 서로 알아가며 쌓는 것이 아닌, 칼로 양파 껍질을 도려내 그 흰 속살을 더욱 보고픈 욕망에 가까웠다. 그러면서도 나는 그녀를 알아내고 싶다는 저주스러운 호기심을 멈출 수가 없었다.

"그럼, 밖에 나가서 같이 걸어요. 그쪽도 술은 더 안 마실 거잖아요. 술도 깰 겸 어때요?"

"그래요. 그래. 그게 좋겠네요."

그녀와 나는 계산을 마치고 천천히 걸어 나왔다. 그녀의 술값까지 내가 모두 계산할 생각이었으나 그녀는 악착같이 자기 것은 자기가 챙기겠다며 고집을 피웠다. 분명 들어갈 때는 보였던 달이 어딘가에 가려져 보이지 않았다. 그녀와 달빛을 맞으며 걸으면 정말이지 좋았을 텐데. 아쉬움을 뒤로 하고 나는 주머니에서 담배를 꺼내 물었다.

"나도 줘요."

"담배 피워요?"

"아니요. 피워보고 싶어요."

"피우지 말아요. 몸에 안 좋아. 더군다나 여자는."

나는 내 담뱃갑에 새겨진 금연 문구를 보여주었다. 때마침 기형아 출산의 위험성이란 문구가 붙어있었던 까닭이다.

"왜 애를 낳을 거라고 생각해요?"

나는 생각지 못한 대답에 어안이 벙벙해졌다. 술에 취해 농담 겸 던진 말이었음에도 그녀는 장난으로 받아들이지 않은 것이었다. 하기야 너무 친해졌다고 생각한 내 잘못이 더

컸으리라. 나는 곧잘 사과를 건넸다. 이내 그녀는 정말 미안하다면 하나 달라며 손을 내밀었다.

"어떻게 피우는 건데요?"

술집에서 강냉이를 굴리던 그녀의 손가락은 이제 내가 준 담배를 그렇게 하고 있었다. 그녀의 중지와 검지 사이에 담배를 똑바로 꽂아준 나는 그녀에게 연기 들이마시는 법을 가르쳐 준 뒤 불을 붙여주었다.

이내 그녀의 입에선 속을 다 게워낼 듯한 기침이 나오기 시작했다. 이내 눈물이 찔끔 흐르며 그녀의 화장을 얕게 벗겨냈다. 나는 그런 모습을 바라보며 이상하리만큼 그녀의 기침이 심하다는 것을 눈치챘다.

그녀가 내뱉는 총포 같은 소리에는 어딘가 설움 같은 것이 묻어있었다. 상체 하단의 복부와 등, 그 사이의 덩어리진 소리로 만든 주머니에서 끌어 올린 음성이었다. 나는 차마 그녀의 옆에서 등을 두들겨 줘야겠단 생각을 그만둘 수밖에 없던 것이다. 결국 그녀는 길거리의 전봇대를 붙잡고 방금 먹었던 음식물을 모두 토해냈다. 그녀의 입에서 쏟아져 나오는 내용물은 결코 더러운 것이 아니었다. 그때 내가 본 장면은 어디 산의 정령이 의식을 치르는 모습에 가까웠고 세상의 더러운 것을 모두 머금은 뒤 스스로 정화해 내는 맑은 모습이었다.

의식을 마친 그녀는 까칠한 숨과는 달리 온화한 목소리로 나를 안심시켰다.

"괜찮아요."

"정말요?"

"그럼요. 처음 피워봐서 그래. 진짜 괜찮아요."

그녀의 얼굴엔 눈물과 콧물이 질질 새어 나오고 있었다. 그런데도 표정은 너무나 편안했다. 해를 끼치지 않는 귀신이라도 본 듯 나는 그녀에게서 이제 어머니의 따뜻함을 느끼고 있었다.

이때 당신은 어떻게 해주었을 텐가. 그녀와의 산책을 감행할지 아니면 이 자리에서 인사를 나누고 당신의 길을 걸었을 건지 궁금해지지만 나는 그 둘 중 아무것도 하지 못했고 그저 멍하니 서서 나 역시 담배 하나를 꺼내 피우는 것이었다.

연기가 가로등의 불빛을 분산시키고 그녀는 그 속에서 더욱 신비롭게 보였다. 나는 문득 그녀를 안아주고 싶은 충동을 억제하느라 애를 무진장 먹었다. 생각이 먼저 든 걸 보니 한 병 더 안 마시길 잘했다는 뿌듯함이 가슴속을 채웠다.

그때 그녀가 나를 불러 앞에 세워놓았다. 내가 뿜은 연기를 뚫고 그녀의 앞에 섰을 때, 도저히 함부로 말을 걸 수 없을 만큼의 아름다운 여자가 있었다.

"당신은 참 신비로워요."

"내가요? 어떤 점에서?"

"당신 말고 누가 있겠어요. 가장 안 좋은 모습일 때 이렇게 빛나는 사람은 당신밖에 본 적이 없습니다."

"다른 좋은 여자가 많아요."

"낮에 별을 보는 사람은 없죠."

땅을 쳐다보던 눈빛이 나를 응시했다. 그녀가 비로소 내 눈을 봐준 순간, 나는 방금까지의 그녀처럼 고개를 땅에 떨어뜨리고 말았다.

"고백하는 거예요?"

고백, 고백이라니! 그런 거창한 것은 아니었지만 할 수만 있다면 당당하게 그렇다고 말하고 싶다! 아- 나는 바보 같게도 그녀의 감탄스러운 모습을 모두 말해놓고는 그 용기 한번을 내지 못했다. 나는 그저 그녀에게 괜찮아졌으면 걷자고 말했을 뿐이었다.

이내 그녀는 입구가 묶인 검은 봉지를 소중하게 쥔 채 내 손을 잡고 따라오기 시작했다. 가는 동안은 서로 어떠한 말소리도 내지 않았다. 다만 그녀의 흔들거리는 검은 봉지의 소리만이 우리 사이의 공백을 메웠다. 그 소리가 나는 얼핏 거슬렸다.

"뭐 사셨어요?"

"아, 이거 줄게요."

"…?"

"필요 없어졌어요. 내가 안주 뺏어 먹었잖아요. 선물이에요."

"숙취해소제 그런 건가?"

"나중에 집 가서 열어봐요. 약속해요. 집에 갈 때까진 열어 보지 않겠다고. 별로 열어보고 싶지 않다면 가는 길에 버려 도 좋아요. 나랑 있는 동안만 열어보지 않으면 돼요."

나는 알겠다고 대답한 뒤 그녀에게서 봉지를 건네받았다. 그리 무거운 무게는 아니었다. 졸지에 짐이 두 개가 되어버 린 나는 그녀의 손을 놓아야만 했다. 하지만! 그녀는 반대편 에 들려있던 내 가방을 뺏고는 다시 손을 잡아주었다. 그때 내가 느낀 황홀감이란 이루 말할 수 없는 것이었다.

"근데 왜 진짜 혼자서 마시고 있었어요?"

"친구가 없어서요."

그녀에게 친구가 없다는 말을 나는 이해하지 못했지만, 정 말 지금 생각해도 이해가 안 되는 것은 그 순간 내 가슴에서 알 수 없는 기쁨이 흘러나왔던 것이었다.

"나랑 친구 하면 되겠네."

그녀는 얼핏 쳐다보고는 됐다며 고개를 저었다. 그 순간 나는 일말의 희망을 놓아버렸다. 어쩌면 희망이라는 말이 개 인의 이기적인 욕심을 위해서도 쓰일 수 있는 단어라면 그 래 그것은 분명 희망이 맞았다. 그러나 그마저도 이제는 사 라지고 없었다. 다만 나는 그녀를 미워하지 않았다. 이걸 쓰 고 있는 지금까지도.

"왜 혼자인 거예요? 친구가 한 명도 없진 않았을 텐데."

"그렇죠. 다 떠났어요."

이제 돌아보면 그녀는 내 질문을 힘들어하고 있었다. 한 마디 한 마디 정성스레 답을 해주었지만, 그 대답은 가쁜 숨을 장전한 뒤 겨우겨우 방아쇠를 당기는 것에 가까웠으며 그 대답의 과녁은 그녀의 몸속 어딘가인 듯했다. 결국 그녀가 해마에 박힌 가시, 뒷골의 한 부분을 잡아당기던 모든 일을 입 밖으로 꺼냈을 때, 나는 스스로에 실망하고 말았다.

"돈이 없어서 그렇죠. 사기당했어요. 전 애인, 돈 좀 대신 받아달라던 그 새끼한테."

나는 그녀의 뒷면 어딘가에 비치던 슬픔의 정체를 비로소 알아냈다. 그녀를 발가벗겨 인두로 몇 차례씩 지져내고 나서야 나는 비로소 내 호기심이 갈망하던 쾌락의 절정을 맛보았다. 그리고 얼간이처럼 더 이상 아무 말도 하지 않았다.

"경찰에서도 도와줄 수 없대요. 오히려 나도 사기죄로 고소당할 수 있다고 하더라고요. 이상했죠. 나도 당했는데, 내가 공범이래. 죄는 면했는데 빚만 대차게 불어났어요."

그녀는 핸드폰을 들어 계좌의 잔액을 보여주었다. 그곳엔 나도 아직 만져보지 못한 금액이 0을 기준 삼은 1의 반대편으로 치솟아 있었다.

"보여요? 난 살면서 내 계좌에 이렇게 0이 많이 찍힐 줄 몰랐어요. 좋은 쪽으로든 나쁜 쪽으로든."

나는 침묵을 지켰다. 정확히 말해서 내가 그때 할 수 있는 것이라곤 그녀에 대한 가학적인 유희를 즐긴 죄에 대해 묵

비권을 행사하는, 이런 비겁한 수밖에 없었다.

"뭐 친구들이랑 직장 동료들한테 돈 빌리다가 다 사라지고 가족도 없고 남은 건 방금 노래방에서 아저씨가 속옷에 꽂아준 현금뿐이네요."

조심스레 비닐봉지를 다시 건네주었다. 왜인지 나는 그 비닐봉지를 열어보기 싫었다. 하지만 그녀는 받지 않았다.

"말했잖아요. 이제 필요 없다고. 당신이 가져가요."

속에서 올라오는 뜨겁고도 이상한 공기에 가슴이 울렁거렸다. 눈앞의 여자를 나는 더 이상 쳐다보고 있지 않았다. 내 눈에는 뜨거운 무엇이 그렁그렁 맺혔다. 나는 감당도 못 할 말을 술기운에 기어코 내뱉고 말았다. 내가 그녀에게 지은 죄에 대한 고해 같은 심정으로 한 말일 테다.

"내가 갚아주면 안 될까?"

"안 돼요."

"제발."

"그건 옳지 않아요. 더군다나 처음 본 사이인걸."

처음이라는 게 이토록 잔인한가. 몇 년을 보아도 떠나갈 사이라면 차라리 술집에서 고작 몇 시간 동안 만취한 채 나눈 대화가 더 나은 관계를 만들 수는 없는 것일까. 하다못해 그녀의 삶을 떨어뜨린 그 녀석의 얼굴을 볼 수만 있다면, 내 친히 빚을 내서라도 그놈을 위한 깜짝 선물을 준비하리라. 아니면 내가 직접 그의 얼굴이 곤죽이 되도록 패줄 수도 있다. 제발 그놈이 내 삶에 단 한 번이라도 나타나 주었으면 이제 그 무엇도 바라지 않는다. 그녀가 보는 앞에서 그놈을 때려죽이는 모습만이 내 머릿속에 들어찼다. 나보다 몸이 좋다면 칼을 써주마. 친근하게 설문조사인 척 접근해서 주머니에 숨기고 있던 주머니칼로 목의 왼쪽을 찌르면 되는 거야. 그렇게 몇 차례, 한번으론 잘 안 죽으니까. 혹시 구급차에 실려가서 살아난다면 골치 아파진다. 그놈은 살아선 안 되는 것이다. 다른 사람, 그것도 자기 연인이었던 사람을 이렇게 대할 수가 있는가. 한 사람의 인생을 압정 섞인 진흙탕에 처박아 놓고 그놈은 아직 잘 살아있다는 게 무슨 개소리인지 나는 이해하지 못한다. 내 앞의 여자가 용서해 준 게 아니라면 그는 누구에게도 구원받을 수 없는 사람이다. 설령 신조차도 그럴 권리는 없는 것이다.

"그 사람은 지금 어딨어?"

"안 좋은 생각하지 말아요. 당신이 내게 말해줬잖아."

"뭔 소리야."

"…아니에요. 어쨌든 나도 그 사람을 생각하면 울화가 치밀지만 당신 머릿속에 있는 그런 방법은 옳지 않아요."

내 두개골을 잠깐 열었다 닫은 것인지 아니면 그냥 찍은 것인지 그녀는 내 머릿속에 들었던 방법을 훤히 꿰뚫고 있는 듯했다.

"난 싫어요."

"뭐가, 그 사람이 멀쩡하게 살아있는 것 말이야? 걱정하지 마. 그거라면 내가."

"아니요. 당신이 그런 사람 때문에 망가지는 일이 싫어요. 아까 그랬죠. 나는 가라앉을 때 빛나는 사람이라고. 반대에요. 빛이 나기에 가라앉아도 괜찮은 거죠. 나는 당신이 빛을 잃지 않기를 원해요."

♦

그녀의 말이 끝나고 술이 어느 정도 깼다는 걸 눈치챘다. 술을 깰 겸 걷자는 계약도 이젠 효력이 다했으니 안녕을 말할 시간이 다가오고 있었다.

"이제 어떡하려고?"

"뭐 내일도 출근하고, 일하고, 퇴근하고 그렇게 살아야죠. 돈 좀 모이면 갚고. 당신은?"

"…나도 살아야지. 당신처럼. 그렇게 살아야지."

"당신도 빚이 있어요?"

"응. 당신만큼은 아니지만."

"외롭지 않네요."

외롭지 않다는 말에 둘 다 웃음이 나왔다. 그녀가 준 비닐 봉지를 든 채 택시에 올랐을 때, 나는 그녀의 전화번호도, 그 무엇도 물어보지 않았다. 뒷좌석의 창문을 내린 뒤 꼭 당신

의 이야기를 써주겠다는 약속이 마지막이었다. 그녀는 그제
야 내가 글을 쓰고 싶은 사람이라는 걸 안 듯했다. 이상하다.
말한 적이 없었던가. 이러고 보니 나도 취한 게 분명했다.

◊

　여기까지 형편없는 이야기를 읽느라 수고 많았습니다. 아
마 중간중간에 울화가 치밀어 책장을 덮어버린 분 또한 있겠
지만, 적어도 여기까지 오신 분들에게나마 감사를 전합니다.
　마무리하려는데 어떤 말로 끝내야 하는지 감이 잡히질 않
네요. 아- 그녀가 준 비닐봉지에 든 것이 무엇이었는지 적지
않았다는 걸 이제야 알았습니다. 아마 예상하신 분도 있고
못 하신 분도 있겠지만 그리 대단한 물건은 아니었습니다.
　고작해야 번개탄 두 개. 네 그거였습니다. 제가 말했잖습
니까. 그녀처럼 바보 같고 어리석은 사람은 없다고. 그래
도… 그녀만큼 아름다운 사람 또한 저는 보지 못했습니다.
다들 수고하셨습니다.

오
늘
도

날
씨
가

좋
다

초판 1쇄 발행 2024. 3. 26.

지은이 김민재
펴낸이 김병호
펴낸곳 주식회사 바른북스

편집진행 박하연
디자인 김민지

등록 2019년 4월 3일 제2019-000040호
주소 서울시 성동구 연무장5길 9-16, 301호 (성수동2가, 블루스톤타워)
대표전화 070-7857-9719 | **경영지원** 02-3409-9719 | **팩스** 070-7610-9820

•바른북스는 여러분의 다양한 아이디어와 원고 투고를 설레는 마음으로 기다리고 있습니다.
이메일 barunbooks21@naver.com | **원고투고** barunbooks21@naver.com
홈페이지 www.barunbooks.com | **공식 블로그** blog.naver.com/barunbooks7
공식 포스트 post.naver.com/barunbooks7 | **페이스북** facebook.com/barunbooks7

ⓒ 김민재, 2024
ISBN 979-11-93879-37-5 03810